門小雷 繪

門小雷 繪

# 吸血鬼獵人日誌

# JOURNAL OF THE VAMPIRE HUNTER

I

［重編版］

喬靖夫——著

# 吸血鬼獵人日誌

目次

# 吸血鬼獵人日誌

目次

【冥獸酷殺行】

# 《吸血鬼獵人日誌》重編版說明

歲月如梭，回首看《吸血鬼獵人日誌》這個系列，當初推出第一部《惡魔斬殺陣》已經是接近三十年前的事，那是我個人出版的第二部小說；而最後的特別篇《地獄鎮魂歌》出版亦已距今二十年。

那是我寫作生涯很不容易，卻也非常關鍵的一段歲月。

很不容易，因為從一開始，每次決定要寫甚麼類型題材，我都不計算甚麼市場趨勢，只考慮當時當刻自己最想寫甚麼；有甚麼最值得寫；還有，甚麼我相信就算經過很久都會有價值的東西。

這套在華文世界相信算比較奇特的小說，就是我廿多歲時，在這一腔衝動中下筆誕生的作品。

而許多後來成為我個人風格的技巧和筆調，都是透過它實驗及磨鍊而成，因此我說非常關鍵。

既然是實驗過程，裡面當然留下了許多不成熟和未完成的東西。

而且相隔這麼久，今天較年輕的讀者，相信不少從未讀過，甚至可能不知道我寫過這樣的小說。

這就是今次製作《吸血鬼獵人日誌》重編版的主要原因。

今次我採用的修訂原則，大抵上與上次重編《殺禪》一樣，解說如下：

一，原故事所有情節都不改動。

二，原書編排敘事，基本上全無更改。

三，主要修訂工作，是在文句構成和用詞上，務求表達更精準，並且統一前、後期文風。

四，有少量難以改善而又不甚重要的描述或對白，予以刪除；另有少數地方，或表達過於隱晦，或敘事不自然，則有增補或改寫，但盡量克制，分量不足全書百分之一。

五，《吸》寫作時期從一九九〇年代下半至二千年代上半，描述背景為當時的現代，到今天不少事物早已過時，全部予以保留不作更新，以作為一個時代的紀錄。

六，有些當時仍屬冷僻或小眾文化的事物，今日已為主流認識，原版有部分註解現在已無必要，予以刪除。另外故事裡有關於「hacker」的敘述，當時大眾對其認知較少，因此書裡使用了英文原文稱呼，現在已成日常用語，為閱讀方便，重編版全部改為「駭客」。

七，特別篇《地獄鎮魂歌》是最後撰寫及出版的一集，但情節內容則發生於第三集《殺人鬼繪卷》之前，今按照故事裡時序排列，閱讀上較為合理。

八，《地獄鎮魂歌》原版書後半附有設定資料，當時原意是以該部較短小的特別篇，作為未讀過這系列讀者的入門書，資料內容其實節錄自其他集數；如今重編版乃全套合集推出，這些附錄變成不必要的重複內容，並無增添任何價值，故決定不予收錄。

這次修訂過程，讓我回憶起當年的自己有種狂放，它只可能存在於那個初闖寫作世界的時期。

我感覺自己像個老搖滾樂手，重聽年輕時灌錄的唱片，在粗糙和未成熟的聲音裡，聆聽到裡面一團彌足珍貴的火焰；就是因為這團火焰點燃了我，才能夠一直走到今天。

我盡力將這火焰的印記保留下來，以今日擁有的智慧與經驗，把當年的樂曲重新彈奏演繹一次。

這就是《吸血鬼獵人日誌》重編版的作法。

就讓它帶著大家，回到那個獨特的時空，聽聽這個獵人/旅人的故事吧。

喬靖夫

二〇二四年十二月十五日

# 吸血鬼獵人
# 日誌
# JOURNAL
# OF THE VAMPIRE
# HUNTER

---

Book 1

**惡魔斬殺陣**

***The Blood Legacy***

# 一九九七年
# 美國

# 第一章

## N‧拜諾恩之日記 I

十月三十一日

把樹枝紮成的十字架插上墳墓後，我驀然想到自己開始相信宿命。

買下夜行列車票。距離發車還有一個多小時。到火車站附設的小書店，在平裝小說的書架前消磨了大半時間。上車前買了報紙和一部小詞典。波波夫一直在我的大衣內熟睡。

在車上，我一邊寫著這篇日記，一邊翻閱詞典：

「宿命（Fate）：想像中超越人類控制、而被相信能決定一切事情的力量。」

很中立、不帶任何信仰的解釋。

然而我相信宿命，也確切知道它是甚麼。

如今我的人生，就如踏在宿命之輪上。輪底下是許多被輾得粉碎的骸骨，彷彿一片雪白的沙漠。在力竭掉下去之前，我必須在狹窄的輪上拚命保持平衡，同時順著它的轉動不斷踏步。

它到底要把我帶到甚麼地方？

詞典裡還一句附例吸引了我。

「比死亡更惡劣的宿命：（幽默或誇大）比喻失去童貞（尤指古代女子）。」

一個月前的我，不會明白甚麼才算是「比死亡更惡劣的宿命」（A fate worse than death）。

我現在知道了。

就是在我身體裡流動的血液。

# 第二章
# 既視現象（Déjà Vu）

**十月六日《漢密爾頓論壇報》**
**連環殺手「王儲」再逞凶**
**第五受害者白骨浮現東河**

門鈴短促響了兩記。拜諾恩把視線從報紙移開。右手伸進西服裡輕輕摸到槍柄，左手則仍然拿著摺成一半的報紙遮掩這動作。

桑托斯警戒地打開房門。德魯安則閃進浴室作後援。

房門一打開，內裡的緊張氣氛才降溫。出現在門前的，是巴澤那副標準的燦爛笑容。

又是這傢伙，拜諾恩心想。還有那一身毫無品味的粉綠色西服。

巴澤朝沙發上的拜諾恩打個招呼，然後再次做出慣常那套動作：撥撥自己妥貼的髮型，轉動一下左手中指那枚紅寶石指環，那動靜像在不厭其煩地提醒別人：我年輕而成功。

「噢，拜諾恩先生看來非常空閒呢。」巴澤指指報紙：「有沒有甚麼有趣新聞？」

「這是工作的一部分。」拜諾恩冷冷地回答。

「讀報？」巴澤誇張地抬起眉毛。

看著這張表情豐富的臉，拜諾恩心裡說：你幹嘛他媽的不去當演員？

「每到一處地方工作，我們當然要清楚那裡發生的一切。天氣預測，交通狀況，當天哪條街道會舉行巡遊或競選活動，哪一區的罪案特別多……全部都要蒐集。我們的工作就是預防任何意外。」

「好。」巴澤豎起拇指。「我喜歡專業的人。」

「巴澤先生過來有甚麼事？」

「今天正午十二時行動。」

拜諾恩壓抑著被命令的憤怒：「為甚麼堅持要白天？我們已經計劃好入夜後行動。」

「這是麥龍先生的要求。你若是有疑問，打電話問他。」

拜諾恩不想再多談，站起來走到窗前，把布簾撥開一線。

透過「麗絲飯店」八樓房間窗戶，拜諾恩仰視灰雲密佈的天空。

他開始感覺，不應該接下這工作。

在預付五萬美元的支票上簽名的，是庫爾登菸草公司行政副總裁克里夫·麥龍。

目標：庫爾登的前會計主管班哲明．辛普遜，現匿居亞利桑那州漢密爾頓市郊春田區瓦科街十三號平房。

任務：協助庫爾登職員安全押送辛普遜，到達漢密爾市以西三公里的小型機場，登上庫爾登公司專用飛機，返回德州達拉斯的總部。

這種「私人拘捕」工作，拜諾恩的保安公司過去幹過幾次。行動雖然屬於「半違法」，但過去每次完事都沒有遺下尾巴，只因目標人物本身就犯了法，為了逃過囚獄生涯，都會答允一切條件。

企業進行這種私自拘捕瀆職僱員的行動，絕非罕見之事，他們不報警是要避免影響商譽及股票價格，而選擇以私人手段回收被盜取的商業機密或失款。一般做法是先僱用私家偵探查出目標所在，再請拜諾恩這類專家協助拘捕行動。

門鈴又再響起。桑托斯這次爽快地開門，因為從鈴聲的節奏和次數，已經知道外面的是同僚森瑪。

「啊，原來有這種暗號。」巴澤笑說。「下次我用它，你們會快點開門吧？」

德魯安在一旁帶著法國口音說：「暗號每次出入都更換。」

矮瘦的森瑪穿著快遞公司制服，小心翼翼地把帆布郵件袋放在床上，然後從桑托斯手上接過可樂罐，痛快喝了一大口。

「怎樣？」拜諾恩拍拍森瑪肩膊。

「很理想。是一般的市郊住宅區，房屋之間也隔得夠遠，十分平靜。一輛巡邏警車才覆蓋整區。」

「屋裡的……」

「等等！」巴澤的臉瞬間蒼白起來：「你到……辛普遜的屋子看過嗎？」

巴澤的表情變化並沒逃離拜諾恩眼睛。「我們當然要預先環境。」

森瑪失笑。「我沒有笨得接近到讓他發覺。」

「我只是擔心你們驚動他……」巴澤強笑。

森瑪從郵件袋掏出一疊拍立得照片，從中挑出一幀。「可是我發現了有個可疑傢伙。他身材不高，並不是辛普遜。」

拜諾恩細看照片，當中有個模糊的黑衣身影，戴著同樣是黑色的紳士帽，手裡提著類似皮箱的東西，佇立在街道一角燈柱旁。

「這像極了《大法師》（*The Exorcist*）〔註〕的海報劇照嘛。」桑托斯失笑說。

「這個人非常謹慎，對任何人接近身邊都很警惕，包括小孩。」森瑪說。「這已經是照得最清晰的一幀了。我不想在街上引發可能驚動辛普遜的事情，所以沒走更近。他在目標屋外逗留了差不多十分鐘，似乎在觀察甚麼。」

「搞清楚這傢伙是誰之前，我們不宜行動。」拜諾恩仍然看著照片上那黑影。

「不行。」巴澤斷然說：「正午十二時。」

「巴澤先生，我想你弄錯了。」桑托斯說話時，淺棕色的拉丁裔臉孔甚是冷峻：「我們的工作不是對抗危險，而是預先確認及排除一切可能出現的危險。除非絕對必要——例如確知目標將要離開，否則——」

巴澤揮手止住桑托斯的話，看也沒看他一眼。巴澤這種人假如也有原則的話那就是：永遠只與能夠做決定的人談話。

「拜諾恩先生，假如你拒絕按協議執行工作，本公司的律師將與閣下討論賠償損失的問題。」巴澤說到「律師」一詞時語氣刻意加重。

拜諾恩淡褐色的眼睛牢牢盯著他。

巴澤感覺好像被甚麼兇猛的動物看著，笑容瞬間僵硬。他故作輕鬆再次轉動一下指環，然後就轉身開門，很想快點離開。

「巴澤先生，等一下。」

拜諾恩的語氣，令巴澤的身體抖了抖。那聲音當中透著一股令他害怕的特質。

---

註：港譯《驅魔人》，一九七三年講述神父驅逐附身惡魔的恐怖電影。

巴澤緩緩轉過頭來，看見拜諾恩指指他的臉，又點點自己嘴唇上方。

幾秒後巴澤才醒悟這動作的意思。他慌忙擦去鼻下殘餘的古柯鹼粉末。

「那麼早上十一時，飯店大堂見。」拜諾恩的眼神依然凌厲。

□

幸好沒下雨。拜諾恩步出小型貨車，在陰沉的天空下架起墨鏡。

他並非怕被人認出，也不是為了掩飾視線。許多年前他就發覺，自己有種異於他人的能力：在陰暗中，視覺反而會變得敏銳。

整項行動有十一人參與。為了避免引起注意，他們分乘三輛貨車，抵達以目標寓所為中心的二十碼（約十八公尺）外不同地點。

第一輛車有三人：巴澤及另外兩名庫爾登菸草公司職員。其中一人負責駕駛，巴澤及另一名叫艾斯巴的職員代表公司與辛普遜交涉。

第二輛車是拜諾恩和他三個下屬，負責押送過程的保安工作。當然，萬一辛普遜反抗，他們也會出手壓制。

拜諾恩這個四人組合已經合作了五年，至今證實是非常完美的搭配。

胡高．桑托斯．賈西亞是保安公司的非正式第二號人物，他曾在哥倫比亞當過六年緝毒特警，經驗豐富，頭腦冷靜得像冰塊。兩年前桑托斯因喪父回鄉省親三個月，那段時候拜諾恩的胃痛頻繁得要命，這才體會到桑托斯對公司有多重要。有他在，拜諾恩最少放心一半。

亞倫．德魯安，前法國陸軍特種部隊強攻手，爆發力和耐力都驚人，而且不可忽視他六尺四吋（一九三公分）身高的重要性——視野是保安護衛和押送服務必不可缺一環，隊員組合裡必需有個看得遠的「高塔」。

安東尼．森瑪本來是洛杉磯警察的 S.W.A.T.（特種武器及戰術部隊）隊員，為了賺錢而轉職，在正式的保鏢訓練學校深造過，頭腦和身手皆靈活，專長是特技駕駛，待會載著辛普遜的車就由他掌盤。

四人穿著一式一樣的黑色西裝、白襯衫和黑領帶。森瑪管這套衣服叫「魔術服」，因為真的只有魔術師衣服底下收藏的東西比得上它多：襯衫底下的防彈背心正面鑲有鋼板，外套暗袋裝著無線電機，接通左邊的耳機和夾在襟口的麥克風，腰帶插著備用彈匣和手銬，外套後襬內側以魔術自黏膠帶藏著急救止血墊和伸縮式警棍，襯衫口袋有筆型手電筒；右腋吊帶上掛著能砍斷麻繩的軍用短刀，當然還有插在左腋下的奧地利「格洛克十七」自動手槍。

第三輛車上有四個人，拜諾恩搞不清他們的身分。他們最初還以為這四人是法律專家，但攀談過幾句不著邊際的話後又覺得不像。森瑪看見他們帶著一口神秘的大金屬箱上車。

「他們有點像醫生。」森瑪當時說。

正如森瑪形容，屋外四周狀況非常理想。一個寧靜的市郊住宅區，沒上班的主婦不是到了商場購物，就是躲在家中吃午飯和看電視重播的肥皂劇。小孩都上了學，偶爾有一兩個站在前院的婦人，也只會把他們當作來視察的市政府官員之類，一套筆挺西裝已夠騙過她們了。

辛普遜的房子窗戶全部落下厚簾。德魯安已繞到後院看守。桑托斯和森瑪則在兩側屋角戒備。

硬闖進去原本不是拜諾恩的計劃——他們不是警察，最好的方法始終是等候辛普遜外出時將他逮住；但巴澤堅持要直接進屋。

「巴澤先生……」拜諾恩白皙的臉帶著嘲諷笑容：「你認為最好用甚麼方法進去？」

「這樣如何？」巴澤突然衝過去，伸腿踢向正門。

這外行人敢情看得太多電影。拜諾恩沒來得及咒罵。門鎖半點未有鬆動，屋內的辛普遜此刻可能已經抓起防身的槍枝。

拜諾恩閃到門旁，右手伸進西服外套底下。可是巴澤依舊鎮定地站在門前。拜諾恩馬上恍然。

「你早知道辛普遜不在裡面！」

巴澤以笑容作答。

「過來幫我打開門吧。」

「我不幹了。」拜諾恩準備用無線電呼叫同僚撤退。

巴澤從口袋掏出支票。「這個跟律師信，你挑哪個？」

拜諾恩一臉冰冷。

「首先聲明，這並不是威脅。」巴澤把支票塞進拜諾恩的西裝口袋：「但你應該也明白，以庫爾登公司的力量，把你搞垮有多容易。」

「告訴我，你們到底想幹甚麼？」

「麥龍先生只是想從這裡拿走一件東西，保證不會有任何人受傷害。」

拜諾恩冷笑：「保證？那為甚麼不預早說明一切？」

「我們可以繼續站在這裡爭辯，直到警察出現為止。」巴澤轉動著紅寶石指環。

拜諾恩的手鬆開了腋下槍柄，把外套左襟略略提高，對著麥克風呼叫德魯安。

德魯安輕鬆地用肩頭便把正門撞開。

□

拜諾恩把黑暗而空曠的房屋內裡看得很清楚。這裡的狀況完全不像有人居住，空氣中有股霉腐味。

客廳內除了幾個塵封的木櫃，甚麼家具也沒有。天花板原本吊著燈的位置，只剩下幾根突出的膠電線。

巴澤跟下屬艾斯巴打開手電筒，「醫生」們則提著金屬箱魚貫進入，後面兩人還推進來一部帶輪的救護擔架床，然後把正門關上。

拜諾恩把墨脫下，插在襯衫口袋。「你要找的是甚麼？」

「我也不知道。」巴澤以手電筒向四周照射：「麥龍先生只向羅高博士說明了。」他指指那名剛把金屬箱放到地上的禿頭「醫生」。「我只知道那件東西……很大。」

手電筒光柱停留在大廳中央地板。

一個六呎長的木箱。

「這屋子活像座大墳墓……」森瑪甚感不安：「那不會是棺材吧？」

德魯安輕輕嗤笑，聲音在屋內迴響。他從不知恐懼為何物。

羅高博士蹲在那木箱旁，他先檢視了好一會，才把蓋掀開一線。

一絲異樣的淡淡氣味從箱內飄出。羅高博士如反射動作般關上箱蓋。

「是它嗎，博士？」巴澤顯得焦急又緊張。

羅高點點頭，吩咐三名同僚打開金屬手提箱。

拜諾恩一直盯著羅高的奇怪表情。

「我認為我們有權看看裡面的東西。」桑托斯說。「要是藏著甚麼違禁品……」

巴澤不耐煩地揮揮手。「你們退後，不要妨礙他們工作。」

拜諾恩恨不得狠狠踢斷這傢伙的膝蓋。他多年來都不用拳頭——作為保安專家，雙手是用來開槍和幹各種比揮拳打人更重要的事情。一根靈活的指頭，有時就是生死關鍵。

巴澤把對講機交給艾斯巴。「叫湯姆把車開到門前。我們五分鐘內離開。」

三名「醫生」從金屬手提箱掏出一具電子儀器、一堆膠管和一個半透明的厚質大膠袋。他們先用大膠袋套住整個木箱，它看來極沉重，羅高博士等四人費了很大工夫。

拜諾恩檢視客廳四周。屋內十分幽暗，但他連斜掛在牆角的蜘蛛網也看得清楚。

專家們開始把膠袋封口，然後接上膠管。管道連接到一具手提電視機般大小的複雜儀器上。

「開始輸氣。」羅高博士向操作機器的助手命令。「注意溫度和濕度，要保持與屋內完全相同。」

拜諾恩走進廚房，狀況同樣荒廢，餐桌散佈著紙張，拜諾恩隨意拿起幾張，有的是樂譜，有的似乎是歌詞或詩，那潦草的字跡，拜諾恩竟然有點熟悉……

羅高的助手目不轉睛地盯著機器讀數。「調校完成，密封程度良好。」

包裹著木箱的膠袋有節奏地輕緩張弛，機器顯然不斷地輸入及抽換膠袋內空氣。

拜諾恩又拿起一篇詩，末尾有個潦草的簽名。拜諾恩努力回憶到底在哪裡見過。

「需要多幾個人幫忙把它抬上擔架床。」羅高博士仍蹲在木箱旁。「我要負責監控輸氣機，故此請艾斯巴先生和多兩位幫——」

□

聽見羅高博士的尖厲慘叫，拜諾恩瞬間衝出廚房，同時已經拔槍。

他當過三年紐約警探，見看種種慘酷的案發現場。有被毒販肢解的碎屍；被黑手黨用混凝土封住雙腿抛進哈德遜河的線人；發狂下把自己的臉硬生生抓爛的毒癮者；還有變態連環殺手虐殺受害人時拍下留念的錄影帶畫面。

可是他從沒有看過這種情景。

羅高博士的右頸被突起的膠袋緊緊「咬」住了。

羅高瘋狂掙扎，手腳在空中劃著誇張的圓弧，彷彿一具被細線吊起的木偶。

半透明的膠袋裡出現某種「東西」，把膠袋撐得突起，那最高點緊包住羅高的頸項不放。膠袋開始大幅地收縮、鼓脹、再收縮，節奏不斷加速。整個巨大的膠袋活像一副呼吸中的肺臟。

所有人呆住了。

膠袋最後一次極劇烈收縮。

拜諾恩聽見肉體破裂的聲音。然後是一連串濕潤而軟綿的東西互相磨擦的怪音，讓人聯想到的只有性交或殺戮。

膠袋迅速鼓脹，內壁噴滿一層薄薄的血紅。

羅高的身體像瞬間乾癟，脫離了膠袋掉落。

沒有人逃跑或開槍，廳內空氣彷彿流漾著某種魔咒。

五根尖利的指甲洞穿膠袋，向下劃開裂口。

膠袋從兩邊剝開，一個渾身血污的赤裸男人，站在蓋子碎裂的木箱上，一頭鬈曲的黑髮長及股際。他雙臂緩緩向橫張開，形態就如被釘在十字架上的耶穌基督。

巴澤的手臂僵硬著，手電筒光芒照射在這奇異的裸男上。

一張蒼白瘦削，年輕而又俊美的臉。

拜諾恩一眼就認出是誰。

曲譜、詩詞和潦草的簽名，全部屬於這個拜諾恩十分熟悉的男人——

約翰·夏倫！

# 第三章

# 廿五年後血之迷幻搖滾樂

約翰．夏倫，六〇年代後半最具代表性的迷幻搖滾樂隊「既視現象」（Déjà Vu）主唱兼作詞，自稱「蛇王子」的稀世天才，被譽為「美國最後詩人」。

「既視現象」歷來只發表過五張大碟，但是每張都被譽為經典。

風靡一代的夏倫是反體制的永恆象徵，演唱會舞台上暴露私處，向觀眾吐口水，終場一刻倒臥棺柩內，這些離經叛道的表演對他而言司空見慣。平日的他更是嚴重酗酒及沉迷多種毒品，無論去到那裡都像一股風暴。

一九七二年歐洲巡迴演唱期間，六月十三日暴斃於巴黎飯店房間裡的浴缸內，官方死因列為心臟病發，去世前把滿臉鬍鬚剃得乾淨，原因不明。

死後下葬巴黎市郊彼里．拉蔡西墳場。從發現死亡、簽發死亡證明到草率的葬儀，全都蒙上一層神秘陰影，因此媒體對其死亡一直揣測不休，無數樂迷深信夏倫仍然在世，正藏匿於天涯海角專注寫詩。

「既視現象」的鍵盤手安東尼．霍普曾經說：「假如有人能偽裝死亡——拿張假死亡證，把一具一百五十磅重的沙袋裝進棺材裡下葬——那個人就是約翰．夏倫。」這番像半開玩笑的話，令人對這謎題更添猜測……

「死」了二十五年的約翰．夏倫，此刻臉朝左轉，直視著拜諾恩。這張臉，沒有一絲衰老，彷彿時間為他而停滯。

「既視現象」樂隊當紅時，拜諾恩才剛剛出生。他是從少年時代開始迷上夏倫的，到今天都能隨時唱出「既視現象」的成名作《仇恨的孩子》（Children of Hate）：

*Murder is a Funny Game*（謀殺是個有趣的遊戲）
*When it's Played in God's name*（當以上帝之名去玩的時候）
*On the Tip of the Pyramid of Joy*（快樂金字塔的尖頂上）
*I Heard the Cry of the Deepest Pain...*（我聽見最深刻痛楚的哭號……）

拜諾恩不禁凝視著夏倫：那臉龐和身姿，透著一種難以言喻、不屬於人間的美。他與夏倫那雙近乎透明的淺藍眼瞳相視，彷彿被磁鐵吸引著。

拜諾恩發現自己的身體無法動彈。

最冷靜的桑托斯，也是最快恢復神智。他舉起手槍。

槍管爆閃的火花，在黑暗中格外刺目。

下一刻，桑托斯的頭顱朝後扭轉了一百八十度，身體無聲息地崩倒。

而夏倫就像頭野獸，蹲伏在桑托斯的屍體上。

沒有人看清發生了甚麼，除了拜諾恩：他見到夏倫在腹部中彈濺出血花的同時，以猶如飛行的跳躍動作撲到桑托斯面前，雙手輕易把他的頸項扭斷。

——這動作以不足十分一秒完成。

最接近夏倫的巴澤，身體劇烈顫抖，褲襠已然濕漉一大片。

他連說半個字的機會也沒有，左邊腦袋一大塊頭皮，連同頭髮及鮮血飛去。

巴澤的身體與手電筒一起著地。

旁邊的艾斯巴臉上沾著血，驚慄得拋掉手電筒。

兩支手電筒掉落，屋內大半漆黑。

拜諾恩特殊的黑暗視力，把接著發生的一切看得清楚。

德魯安發狂般手槍連發，把彈匣射光後，左手迅速拔出外套底下匕首。

結果匕首從太陽穴橫貫他自己的腦袋。

*Red Guitar as My Machine Gun*（紅吉他當作機關槍）
*I Pointed the Barrel towards the Sun*（我把槍管指向太陽）
*Silver Rain of Rhyme-Bullets*（銀雨般的音韻子彈）
*Poured Over the Temple of Solomon...*（落在所羅門聖殿之上……）

森瑪已經伸手摸到正門的把手，卻整個人被凌空提起。

他與艾斯巴兩具軀體被扭成一團，突露的斷骨互相刺入對方肌肉。艾巴斯的心臟被挖出來，塞進了森瑪的嘴巴。

*The Parrot on the Doctor's Head*（醫生頭上那隻鸚鵡）
*Told me the Universe is Mad*（告訴我宇宙瘋了）
*So I Mixed his Medicine with a Shot of Whiskey*（所以我把他開的藥混和一口威士忌）
*And Drank it with a Wish of Painless Death...*（懷著無痛死亡的希望喝下它……）

餘下那三個「醫生」，有兩個被德魯安的亂槍流彈擊斃，最後一人仰躺在地上，夏倫則俯伏在他上面，頭臉深埋進犧牲品的頸窩。

拜諾恩又再聽見那濕潤的怪聲，「醫生」的身體緩緩收縮。微光之下，拜諾恩看見「醫生」的手臂迅速變得蒼白。

拜諾恩的淚腺失控了，模糊裡，他見到夏倫的眼睛再一次直盯過來。

屋內變得靜寂，只剩下那台抽氣機的低鳴，還有天花板滴落鮮血的聲音。四處散佈著屍體、血污、內臟、碎骨……腥臭的氣味充溢著幽暗的空間，拜諾恩感覺自己猶如置身一頭巨獸的體腔裡。

他拚命搖動身體，卻連一根指頭也使喚不了。

他少年時曾經歷過像這樣的「夢魘」，後來看書知道只是一種睡眠失調，與靈異現象無關。

但現在拜諾恩很清楚，這次不一樣。

很明顯，是夏倫的眼睛透出一種特殊能力，令他的身體「睡著」了。

夏倫展露出他那曾令千萬樂迷醉倒的曖昧微笑，臉上開始凝結的血彷彿某種古老圖騰。他伸出修長的十指，一步一步邁向拜諾恩。

拜諾恩有股欲嘔吐的衝動，淚水持續潸潸流下。

他知道這大概是自己生命的最後時刻了。

他驀然想著慧娜。

夏倫越迫近，那雙透澈的水藍眼瞳散發出越強的吸引力。拜諾恩的臉開始充血，表皮也敏感起來，浮滿雞皮疙瘩，甚至遠遠都能感受到夏倫濕冷的鼻息。

當夏倫咧開嘴巴時，拜諾恩看見了他的牙齒。

——我的天……

夏倫左手食指的尖利指甲，輕輕刮過拜諾恩喉結。

*Two Blue Snakes Crawl Out from My Eyes*（兩條藍蛇從我雙眼爬出）
*They have Forked Tongues of Hellfire*（他們擁有吐出地獄火的分叉舌）
*I Read the Bible Written with Blood*（我讀用血寫成的聖經）
*To have the Whole Apocalypse Memorized...*（好把整篇《啓示錄》記下來……）

夏倫唱著這首拜諾恩從沒有聽過的歌，不斷撫弄拜諾恩的喉頸。

「你到底是甚麼？」

問這句話的是「蛇王子」夏倫。

「甚麼……意思……？」拜諾恩鼓起最大的勇氣反問。

「你到底是甚麼？」夏倫重複著，似乎沒聽見拜諾恩的話。他的指甲停在拜諾恩鼻頭。拜諾恩知道，以這怪物的力量，輕易就能夠在自己臉上刺一個窟窿。

陽光突然在拜諾恩身後出現。

玻璃窗毀碎，一條黑影扯脫簾幔，越過窗戶在地上蹲下來。

夏倫發出野獸般的嚎吼，朝後飛退，拜諾恩的耳膜被震得鳴響。

「黑影」是個戴著紳士帽的男人，他高舉一具帶有耶穌受難像的金色十字架。

「醜惡的魔鬼退下！」男人呼叫：「吾以全能上帝之名，命令你回到黑暗的地獄！」

男人揮動手中小瓶，幾滴像清水的液體灑在夏倫身上，夏倫怪叫著，退入陽光照射不到的暗角。

「無論甚麼活物的血，你們都不可以吃；因為一切活物的血，就是他的生命：凡吃了血的人，都會受到懲罰……」男人繼續唸誦《聖經．利未記》第十七章的經文。

夏倫萎縮到角落。他的手腿關節突然古怪地扭曲，猶如一隻巨型蜘蛛般迅速爬上牆壁。

他暴露出兩支尖長犬齒，無意識地吼叫。

拜諾恩驀然發現，身體的無形束縛瞬間消散了。

他閃電般舉槍，瞄準夏倫眉心。

九釐米子彈打碎了左耳——夏倫及時偏過頭顱。

拜諾恩正要再扣扳機，卻見夏倫的身體發出白霧。

拜諾恩朝白霧最濃處連續開火。

就在發出第四彈時，一堆磚塊像隕石雨般，從白霧中疾射而下。

拜諾恩低頭閃過兩片，第三塊卻狠狠擊中他胸膛。他在昏迷前聽見自己肋骨破裂的聲音。

# 第四章
## N·拜諾恩之日記 II

十月十一日

上一次流淚到底是多久以前的事呢？我想不起來。在床上翻遍了這部日記也找不到。它只證實我在這三年裡從沒哭過。如果有，我一定會記下來。

三年？不只吧。上次哭泣恐怕有二十年以上了。許久以前我就明白，把感情表露在臉上，是多麼愚蠢的行為。

我一直慶幸，自己從不需要擺出笑臉去討活：在警局裡，感情是不需要的東西，紀律取代了一切；而經營保安公司以來，對外的接待工作多數交了給桑托斯處理。

噢，桑托斯。兩個星期前，我才跟他因為股份問題吵了一架，現在回想當然是無聊的蠢事。一切都不再重要了，胡高·桑托斯·賈西亞的身體，此刻應該已經埋進冰冷的泥土下。

還有德魯安和森瑪，全都被夏倫——不，是那個曾經叫作「約翰·夏倫」的混球——

殺死了。那雜種到底是甚麼東西？

剛清醒後，我問過蘇托蘭神父。他的答案簡單得要命：

「吸血鬼。」

我最初笑得肋骨也痛起來。接著蘇托蘭反問：「你連親眼看見的東西都不敢相信嗎？」

我停住了笑。

「你的意思是：那兩個被他吸過血的傢伙，也會變成……吸血鬼或者活屍嗎？」

蘇托蘭神父的表情非常嚴肅，跟我說話時就像在對有疑問的教徒解釋經文：「不會。除非他們在死亡前，也被餵過吸血鬼身體流出的鮮血，才會變化成那種邪惡的東西。這項互飲血液的儀式，有古籍記載稱之為『黑色洗禮』（Black Baptism）。」

蘇托蘭曾經檢查過我的牙齒和身上創口，確定我並未被夏倫的血污染。

神父的額頭仍纏著紗布，他額角也被夏倫擲出的磚塊砸傷了。

在這汽車旅館房間裡，蘇托蘭一邊替我換藥，一邊跟我談話。

「你真是非常幸運，那東西被我的聖水灑過，加上陽光和十字架壓制，令它的力量減弱了許多。即使如此，假如你不是穿上正面加了鋼板的防彈衣，那塊磚頭鐵定要撞裂你的內臟。」他把被擊得微微凹陷的鋼板拿給我看。

神父又說：「這種東西擁有相當於幾十個人的力氣，而且移動速度非常快，人類視覺無法捕捉。」

我察覺他說話當時面容頗是興奮。一個四十來歲的歐洲神父，竟以研究吸血鬼為興趣，我彷彿掉進了恐怖電影的世界中。

「我看得見啊。」我說。「我看得見夏倫的動作。」

「不可能的。何況屋裡一片黑暗，那種速度，你不會看得見。」

我不願意再跟神父爭辯，體力上也不容許。而且我還有許多事情必須知道。

接著我就問他：為甚麼不把我送進醫院？

蘇托蘭一聲不響地從餐桌上拿來兩天前的《漢密爾頓論壇報》。

我一看呆住了。報紙頭版上有我的照片。

我成了瓦科街九人死亡屠殺的通緝嫌疑犯。

指證我的是重傷躺在醫院裡的巴澤——那狗雜種腦袋被抓破了一片也沒有死！

從報導中得知，連門外等候的司機湯姆也被殺了，小型貨車也被盜去。

讀完整篇頭版報導後，我就明白巴澤為甚麼要指證我：庫爾登菸草想掩藏關於吸血鬼的事。

我把受僱於庫爾登公司的始末向蘇托蘭說出。他畢竟救了我一命，還冒險收藏我，我認為已沒必要向他掩飾甚麼。

神父聽完後，他心底的疑問似乎比我還要多：「為甚麼庫爾登菸草要抓一隻吸血鬼？他們是如何得知夏倫在那屋裡的？」

「你呢？」我問：「你又是如何得知？」

蘇托蘭神秘地微笑：「我畢生都在致力驅逐這種醜惡的東西，我五次未經教廷許可進行驅魔儀式，如今已被開除聖職；但是我不在乎，只要嗅到一丁點吸血鬼的氣息，我就到那兒尋找它，設法把滿滿一瓶聖水灌進它喉嚨裡，讓它真正死亡安息，這就是上帝給我的使命！

「我已經監視夏倫整整一個月，但一直沒把握應付它。期間它又在附近殺害了兩個人，我都只能忍耐，以免讓它逃脫。然後你們便出現了。」

在這首次談話後，我斷斷續續昏睡了兩天，然後開始寫這篇日記。

（續）……感覺傷勢開始好轉了。蘇托蘭神父的療傷技術非常優秀。他後來告訴我，他本來是讀醫科的。

昨晚夢見慧娜，她重複說著分手時最後那句話：

「我不想再看見你這頭冰冷的怪物……」

夢中的她，笑容仍然溫柔。但是每次說著時，我的心就像被狠狠刺了一記。

我無法反駁她。

也許是這個原因，這些天我越來越想念慧娜。

現在回想，和她一起的時光，是我人生裡唯一切實感覺自己活著的記憶。

——雖然我到現在都不知道，當天有甚麼辦法能夠不讓她走。

想起家裡的書桌抽屜裡，還藏著寫了一半的小說，心頭就有種異樣的感覺。

——警察和ＦＢＩ現在大概正仔細讀它，看看裡面有甚麼線索，或者是我如何變成精神異常殺人者的徵兆吧？

大約十五歲時我曾經立志想當小說家。最初的原因不太記得，大概只是因為覺得很酷吧。

然而之後我越來越不相信，世上存在像「藝術」這種具有絕對價值的東西，也越來越不相信自己能夠改變世界些甚麼。

於是我半途放棄了那部小說。現在連情節都記得不太仔細了。

我一向就是這樣，覺得不再需要的東西，就會毫不留情地把它截斷。從前的警察同僚都讚賞我處理事情很冷靜，其實也是這個原因。

曾經想當小說家這回事，唯一留給我的「遺產」，是喜歡寫東西的習慣。

我寫這日記，其實也不是真的因為有很多事情非得紀錄下來不可；只是習慣了把心裡想的變成有組織的文字，能夠幫助自己思考。

而且寫的時候，我的心總是能夠平靜下來。

有點累了，我需要再睡一會。

……蘇托蘭把晚餐端來時再次問：「你真的看見夏倫的動作？」

原來我那句話他仍然放在心上。我和盤托出當時目擊的一切，夏倫是怎樣虐殺那些人，描述得十分仔細。這當然是我的專長，從前作為警探經常要在法庭上作供。

我說完之後他一直在沉思。等了一會我打斷他，問他躲在這家公路旁的汽車旅館是否安全？他說他用了「巴圭亞神父」的名字為我登記，並對旅館主人說我有點小病，要休息好幾天。「放心，沒有人會懷疑神父的。」

我跟他說，你如果他要繼續追捕夏倫的話，可以自己先走，我照顧得了自己，他如果有換洗備用的神父服裝，留下一套給我就行了。窩藏通緝犯的罪名很重，我不想連累他。

可是神父的回答出乎我意料：「我就是要逮住夏倫，才把你帶在身邊。你槍傷過它，它不管任何手段，也會想找你報復，這是吸血鬼像野獸的本性。你與它很近距離接觸過，它記憶了你的氣味。」

一想到很大機會再次遇上跟那邪惡的混球，我又冒起雞皮疙瘩。

（續）……剛才發生的事情太奇妙了。花了好一段時間我才能平復心情，把它完整記下來。

吃完晚餐後，蘇托蘭神父從浴室端了一杯液體給我喝。他說是營養補充劑。喝下時我嚐到裡面有腥味。

要用文字來形容喝下後那股感覺，實在有些困難。除了暈眩之外，我感到，好像「看見」自己的內臟。

幽暗溫暖的內臟裡亮起一點稀微的光。我凝視那光點，感到一股無上的快感。全身變得輕鬆，肋骨的痛楚也減緩了，一心期待那光點繼續變亮、變大。

可是我失望了。光點越來越小，最後隱沒在黑暗中，視覺也返回這狹小的旅館房間。

之後我感覺口渴極了。

我質問神父，是不是給我喝了甚麼迷幻藥。

他似乎沒在聽我的話，神情呆滯。我發現他左手掉下了一片棉花，無名指頭有道剛割破不久的創口。

蘇托蘭再一次檢查我的眼睛和牙齒，然後帶點驚惶地在胸前劃十字。

「你到底是甚麼？」

他問我的說話，與當天夏倫問的一模一樣。

我是甚麼？

神父頹然坐在床邊跟我說：「等你能夠行走，我要帶你去見一個人。」

我問他是誰。

他只說：「希望他還沒死。」

# 第五章
# 恆溫室．聖餐餅．心經

## 十月十一日
### 德薩斯州　達拉斯

每次通過吹塵室和紫外線照射消毒室時，克里夫．麥龍都感覺身體被削弱了。這房間充溢著一種死亡的氣息。

鋼門打開。五名全身罩著白色密封衣的醫生，正在監控一大堆器械儀表。麥龍不必看也知道，儀表指針和綠螢幕上的發光線都顯示，病人的生理機能在一點點不斷衰退。

令麥龍意外的是，荷西．達金也在。

——這黑鬼來幹嘛？

達金從椅子站起來，朝麥龍微微點頭。「你好，副總裁。」麥龍聽出對方的語氣中毫無友善或尊敬之意。

麥龍沒有直接問，而是以一貫的傲慢眼神上下掃視達金。

「主席召我來談話。」達金毫不在意地微笑，末後還加上針刺般的一句：「是有關幾天前的事。」

麥龍雖然極力掩飾內心的緊張，鼻翼仍禁不住顫動。

他瞧向監控室的巨大玻璃幕。

玻璃後的無菌恆溫室中，一個瘦得跟骷髏已沒多大分別的老人躺在床上，被單下伸延出各種顏色的輸管和電線。老人臉上浮現斑塊與腫瘤，雙眼卻睜得明亮，斜斜瞪住玻璃幕外的麥龍。

麥龍很清楚，這個衰弱的老人只要一天還清醒，便能揮揮手撼動華爾街股市，也能動個小指頭就把他這副總裁彈到垃圾堆裡。

查理斯·庫爾登。庫爾登菸草公司創辦人及現任主席。

「麥龍！」透過麥克風，庫爾登仍聲如洪鐘：「你他媽的搞垮了這件事！你這臭雜種，母狗養的！」

麥龍屏住呼吸。「十分抱歉，主席。是巴澤那傢伙太不小心——」

「省掉解釋的力氣吧！」庫爾登呼喝：「最初不是說你僱用的專家萬無一失的嗎？狗屎！要不是你他媽的堅持主理，而交給達金跟進的話，『那東西』早就到手了！」

麥龍從玻璃的反映中，瞥見達金的微笑。

「我們還能抓『它』回來……『它』走不遠的！我會出動所有可靠的私家偵探——」

「我才不要再被你搞垮多一次！我沒那個時間了。」庫爾登的眼神像要吃掉麥龍：「那『東西』不是你請的那些普通人能夠捕捉的。」

麥龍無言。

「達金。」庫爾登的聲音柔和下來：「你是怎麼獲得漢密爾頓那個情報的？」

達金神情嚴肅地回答：「是我僱用的一位先生提供的。我也不大清楚這人的底細和能耐。我只見過他一次，但感覺得出他對這種事情很在行。」

「你是說他有辦法把『它』抓回來嗎？」

「是的，主席。」

「聯絡他。我授權你動用公司的研發基金。不惜任何價錢。」

達金眼角瞄瞄身旁的麥龍：「上次在副總裁的堅持下，我們沒有把處理那『東西』的工作交給這個人。為這件事他當時非常生氣。我不肯定他是否願意再次接手。」

麥龍的額頭滲出冷汗。原本他是恐怕被達金搶去所有功勞，而決定用自己的人脈找專家，還派出親信巴澤去監督整個運輸工作，結果弄巧成拙。

同時他想到：有關那「東西」的能力和特徵資料，達金是否隱瞞了一部分，刻意導致這次失敗？那「東西」在日間不是應該睡得像條死屍的嗎？這可惡的黑鬼……

「麥龍，你先回去！」庫爾登再次透過麥克風咆吼：「公司還有很多事情等著你！」

麥龍踏出監控室。在鋼門關上前，他聽見庫爾登說：「達金，再說說有關那個『吸血鬼獵人』的事……」

麥龍狠狠扯下頭上白帽。

他知道，要保住自己在庫爾登菸草的地位，只有一個方法：比達金早一步捕捉到吸血鬼！

**十月十七日**
**亞利桑那州　金曼附近**
**「熱谷汽車旅館」十六號房間**

史葛．朗遜張大嘴巴，伸向盥洗台的水龍頭喝了兩口，吞下剛放進嘴裡的兩片止痛藥。

他把水龍頭關掉，凝視鏡中的自己——糟透了，兩腮凌亂的鬍子長得跟鬢髮連在一起，眼袋又黑又深，像個剛打完十二個回合的拳師。原本修得整齊的平頭已經一個月沒理，變成凹凸不平的雜草叢。朗遜戴起鴨舌帽。

房間外傳來輕輕的「咔嚓」一聲。朗遜反射般伸手握住腋下槍柄，一秒後手指就鬆開來。他想起是剛才放在外面的袖珍錄音機忘記關掉，帶子轉盡後「錄音」鈕自動彈了起來。

朗遜步出浴室，重重坐在床上，順手把床邊的錄音機收回口袋裡。他看看手錶：早上十一時三十三分。

朗遜在心裡算算：拜諾恩離開這旅館，最少已經六十小時了。

他繼續坐著沉思，雙手托著下垂臉。

地毯上有片白色碎塊，吸引了他的視線。他從腰帶取出瑞士萬用刀，在刀柄末端拉出一個小鋼鉗，把碎塊輕輕夾起來，放進一個透明膠瓶裡。

——這是甚麼？

他細心用鋼鉗把碎塊弄出一丁點，放上舌頭尖端。很淡的味道。並非毒品或調味料。

朗遜想起來：帶著拜諾恩的傢伙，對旅館主人自稱他們是神父。

——如果……這白色東西是聖餐的薄麵餅……

——難道竟然是個真神父？怎麼會涉進這種事情？

朗遜閉起雙眼。他現在很需要一壺黑咖啡。

在FBI待了十一年，朗遜學會了一項特殊的本領：憑直覺「嗅」出案件的「味道」。

朗遜檢查過所有屍體，結論是：不可思議。最初他想像凶手大概是美式足球鋒線員或是職業摔角手那種怪力巨漢。

雖然根據資料檔案，拜諾恩受過紐約警察及特勤局〔註〕訓練，但要單獨進行如此慘酷的屠殺幾乎不可能，唯一的解釋是他在發狂或者受藥物影響下，發揮出異常的體能。

還有兩具乾屍，體內血液剩下不夠百分之五十。超過一個成年男人的血量，就像憑空消失到另一個次元。是拜諾恩帶走了嗎？

而現在，協助拜諾恩逃亡的卻是個神父。

——這是甚麼三流電影的劇情？……

朗遜打開口袋記事冊，寫下一連串字句：

聖餐餅——聖餐酒——基督的聖血

血——乾屍——宗教儀軌——神父

凶案現場還搜出了一些飾物，包括項鍊、指環和耳環，證實全部屬於「王儲」的已知受害人所有——「王儲」就是媒體給近月肆虐於漢密爾頓地區那名連環殺人魔的外號。

朗遜繼續在記事冊上書寫：

飾物——「王儲」（拜諾恩？）

連環殺手——邪教狂想（神父／血）

這些線索好像漸漸在朗遜腦海中連結起來了。

地方法醫的報告寫得有點糟，朗遜從中嗅到有「掩飾」的味道。庫爾登公司對於僱用拜諾恩及派員到漢密爾頓的解釋，一直語焉不詳。當地警方也似乎受到某種力量影響，調查縛手縛腳……

房門打開來。朗遜的夥伴艾西，帶來了附有上網功能的筆記電腦。

「收到了。是疑凶的追加資料。」艾西熟練地開啟電腦，放在沙發上操作。

自認是「電腦盲」的朗遜，很感激上司派了艾西這年輕小子給他。

「州警方面怎麼樣？」

「公路檢查站已經架起二十小時了。」艾西搖搖頭：「沒有逮到人。他們恐怕已經越過州界。」

拜諾恩他們經過金曼這一帶，顯然是要逃去加州。

艾西凝視電腦液晶屏幕，手指在鍵盤上操作不停。

「我發現了一件有趣事情。」艾西伸指點點電腦螢幕。「拜諾恩的出生場所。」

「有多有趣？是垃圾場，還是公共廁所？」朗遜湊近電腦。

---

註：美國特勤局（Secret Service），隸屬於財政部的聯邦執法部門，專責保護正副總統、總統選舉候選人與其他政要（包括家眷）。2003年後改爲隸屬國土安全部。

「精神病院。」艾西帶點興奮：「母親是病人。『直系親屬具精神病史』，這應該能解釋那傢伙發狂的原因吧？」

「這得交給『行為科學組』（Behavioral Science Unit）去判斷。」

「還有……」

「？」

「拜諾恩的生母是個修女。」

**十月十七日**

**猶他州　鹽湖城**

**「柏諾威飯店」六一二房間**

妓女努力地舐著光頭男人滿佈刺青的胸膛。

男人一動不動地閉目仰躺床上，彷彿冥想。

十幾分鐘前，當光頭男人脫下浴袍時，妓女確實吃了一大驚：他全身紋滿了一列列看不懂的漢字。

最初還害怕是個難纏的顧客，說不定還是虐待狂。但他只是靜靜躺在床上，閉起細小的單眼皮雙目，以古怪口音說：「舐我身體。」

妓女的舌頭順著「無眼界乃至無意識界」滑下，停在男人左乳上打轉，然後橫越到右胸，嘴巴輕輕地吸吮「遠離顛倒夢想」的「夢」字……

床頭電話響起。男人撥開妓女，盤膝坐在床上，抽起話筒。

「……我就是。我知道那件事。我早說過，他們駕馭不了……你的意思是這次讓我進行狩獵嗎？可以，但不再是上次提出的價錢了……請了解，那『東西』已經被你們驚動了，現在要找它，比早前困難得多，說不定甚至回到同伴身邊……不行，要雙倍。我是說一百萬。能完成這項工作的人，世上恐怕不超過三十個。好，成交。明天之內請把一半存進上次的戶頭。多謝……不用了，我喜歡一個人工作……放心，這是我的職業。世上沒有比日本人更尊敬自己職業的民族……我知道聯絡閣下的方法……謝謝。」

光頭男人放回話筒，又回到剛才躺臥的姿態。

「繼續。」

# 第六章
# 吸血鬼博物館

**十月二十四日**

**加州　聖地牙哥**

**汶采勒圖書館**

「從前有個部落酋長的妹妹，一直渴望生兒育女，卻久久不能懷孕。她早晚向祖靈祈求得到孩子，祈願多年還是沒有實現。就在快要絕望時，她突然發現自己懷孕了。

「胎兒成長的速度快得奇異，不過幾個星期，就自己從母親的子宮中裡爬出來。這孩子出生時，全身都長著野獸般的濃密長毛，還有一副尖利的牙齒。

「隨著孩子迅速成長，部落裡開始流言四起。族人說這孩子並不是人類，而是邪靈的誕生物；說他不為食物和毛皮而狩獵，而是為了欣賞動物死亡時掙扎的情景；還說他不但捕殺野獸，更殺害其他孩子和吸飲他們的血液。

「他是酋長的甥兒，部落裡沒有人敢傷害他。可是當失蹤的人越來越多，部落裡泛起巨大的恐慌，酋長終於知道不能再留下這個已然長大成人的外甥。

「酋長拔出利刀，下令外甥離開部落。但這奇異的傢伙拒絕了。酋長揮刀砍傷外甥的手臂。很奇怪，皮膚雖然割破了，但沒有半滴血流出來。

「酋長這時更確定外甥並不是人類，試圖把他殺死。怪物卻擁有異乎常人的體力。兩人糾纏了整整一夜，酋長的喉嚨有好幾次差點被咬中。最後酋長鼓起全身力量，把怪物摔到熾烈的營火裡。

「怪物在火焰中掙扎，不斷呼叫：我不是這麼容易被消滅的！我將繼續吸飲人類的血一千年！

「當呼叫聲逐漸消失後，怪物的身體被燒成灰燼，從火焰中升起，在夜空中形成一股旋轉的烏雲。族人看見，每一粒灰燼都變成了一隻蚊子。」

圍坐著聽故事的小孩子，個個嚇得目瞪口呆，臉色帶青凝視坐在中央的老人。

「薩吉塔里奧斯先生，這童話故事可不太適合孩子聽。」

老人回首。方形臉滿是斧鑿般的皺紋，唇上蓄著修得整齊的白鬚，一道已在歲月中褪色的長疤從左額下延至顎骨，雙眼透出像尖針的銳利光采。

穿著便服的蘇托蘭神父遞出手。老人伸手與他堅實一握。

「讓孩子體會恐懼，也是一種教育。」老人操著溫文的英國口音：「而且這不是童話，是印第安人特靈吉特部落的傳說。」

蘇托蘭向身旁的拜諾恩揮揮手：「這位是——」

「我知道，我看了報紙。」老人的語氣沉穩而自信：「神父，我早就說過，你應付不了『他』。看看你的額頭。你很幸運。」

他轉向拜諾恩。「我的名字是彼得・薩吉塔里奧斯〔註〕。人們喜歡叫我薩格。閣下就是拜諾恩先生？」

拜諾恩有點疑惑。這個老人自稱的姓氏顯然是改的，大概是不想讓人追溯到他的來歷和家族；而故意改這麼一個有點像開玩笑的姓，就像在告訴別人：是啊，我的名字擺明是假的，你也不要再追問了。

握著薩格又大又厚的手掌，拜諾恩遲疑地看著蘇托蘭。

「放心。」神父說：「薩格先生跟我一樣，可說是不屬於現世的人。關於案件的事情，我們可以放心告訴他。何況對於『那種東西』的了解，他比你我都深得多。」

「神父如果想再次找我協助尋找『他』的話，請恕我又一次拒絕。」薩格說。

---

註：薩吉塔里奧斯（Sagittarius），即十二星座裡的射手座（人馬座）。

「我不只是為了夏倫的事而來。」蘇托蘭神色凝重：「也是為了另一個難解的謎。」

他指指拜諾恩：「是關於這位先生本人。」

大廳有如一座氣氛詭異的博物館。

□

走進薩格坐落於市郊的巨大寓所時，拜諾恩深吸了一口氣。

率先吸引拜諾恩目光的，是正面牆壁上一幅巨大油畫：一個長髮美女的頭顱，長在一條碩壯的蛇身上，盤纏著一根黃金權杖。美女的邪惡微笑間露出了兩支尖利獠牙，沾在嘴角的鮮血，彷彿將要從畫布滴出。整根權杖筆直地插在遍地堆積的枯骨上。

「這是傳說中吸血鬼的祖先——女妖莉莉絲（Lilith）。」薩格把帽掛上門旁衣架：「根據猶太教記載，她才是上帝創造的第一個女人，是亞當的首任妻子。」

蘇托蘭神父在旁露出不同意的表情。

薩格繼續說：「她給亞當拋棄後，變成眾妖邪的女王。為了報復對亞當後裔的怨恨，她在夜間吸飲嬰兒的血。根據摩西律法，吃活物的血是絕對的禁忌。巴比倫神話中同樣有她的記載。」

「她真的是……吸血鬼的起源嗎？」拜諾恩問。想到若在半個月前問出這種問題，大概連自己也會發笑。

「我還在研究解讀這個神話有甚麼寓意。」薩格的神色非常嚴肅：「如今我把有限的餘生，用來追溯吸血鬼的源頭。雖然這恐怕是永遠無法完成的工作，可是我不在乎。反正我大部分的人生，都早就貢獻在這怪物上。」

蘇托蘭也是首次被允許到訪薩格的家，他興奮得像走進了寶庫，其中最吸引他的，是右面牆壁上掛著那十二個玻璃櫃。

木質的櫃框異常老舊，玻璃卻一塵不染。除了最右面一個空著之外，其餘十一個每個都藏著一件紀念品。

薩格禮貌地帶著拜諾恩，舉止甚具英國紳士風度。

「請過來參觀我的人生。」他帶拜諾恩走近那列玻璃櫃。

「我至今共獵殺了十一隻吸血鬼。」薩格自豪地講解，把第一個玻璃門揭開，拿出藏在當中的一柄廓爾喀彎刀〔註〕。

---

註：廓爾喀彎刀（Khukuri/Kukri），尼泊爾傳統名刀，刃身寬短而形狀奇特，是刃鋒位於內彎的反曲刀，近代英軍尼泊爾傭兵均配備傍身。

「這就是我平生消滅第一隻吸血鬼時所用的武器。我用這柄刀把他斬首，戮穿了他的心臟，再把屍身火化，骨灰撒入海中。他的名字叫邦巴斯，葡萄牙人，一九二一年『死亡』。我在四十一年前，令他真正安息。」

薩格拔刀出鞘。窗外射進陽光，映得形狀奇異的刃身光華閃耀，刀鋒顯然仍保持得很好。

拜諾恩聽著，感覺有如跳進入了奇幻故事的世界。

「那時候你多大？」

「二十七歲。」薩格的微笑裡，浮現年輕時代的豪情。

「你為甚麼會當上……吸血鬼獵人？」

「我畢生都是獵人。」薩格收刀回鞘，小心地放進櫃裡。「我出身在貴族，七歲就開始飼養自己的獵犬，二十五歲前已經到過剛果三次。閣下和神父或許會認為我是個殘忍的人，可是我極度享受狩獵的滿足感。我是以智慧、力量和耐性與獵物比試的，我相信這算是對牠們的一種尊敬。

「就是二十七歲那年，當我對狩獵野獸開始失卻興趣時，在捕鯨船上聽聞一個葡萄牙老水手說的事。上岸後，我就立即前往他的家鄉羅吉沙鎮，從此踏上了另一條狩獵之路。

「除了狩獵之外，我一向都對玄奇的事物有深入研究。我學習催眠術，經歷過太平洋島民的蹈火儀式，拜訪過印度的苦行僧修練冥想。不過直到我找到邦巴斯的墓穴，我一直未相信吸血鬼真的存在。」

「等一下……」拜諾恩打斷他：「我也親眼見過吸血鬼的力量和速度……你真的憑一柄彎刀就殺死他？」

「我很幸運，邦巴斯生前是虔誠的天主教徒。我用古老相傳的方法——十字架、聖水和聖餐餅壓制了他，一直堅持到天亮……」

「是上帝的力量。」蘇托蘭插嘴。

「吸血鬼並非如傳聞般絕不能接觸陽光，只是在白天他的力量的確會減弱許多。我跟他搏鬥了差不多三十分鐘，才成功砍下他的頭顱。」

「你剛才說幸運是甚麼意思……」拜諾恩回憶起夏倫被蘇托蘭的聖水灑中那情景。

「蘇托蘭神父一直不同意我的論點。他是聖職者，我當然沒指望要說服他。可是我卻有切身的體驗作證。」薩格打開第三個櫃子，取出一條銅鑄的耶穌受難像十字架項鍊，上面佈滿鏽綠。

「帕薩維奇是被我消滅的第三隻吸血鬼。這條項鍊正屬於他，『死』後還一直掛在遺體的頸項。」

拜諾恩注視項鍊：「這吸血鬼不怕十字架？」

「帕薩維奇生前是西西里島一名姦殺犯，被問吊而死。像他這種生前就極盡邪惡，或是從沒接觸過基督教信仰的人，變成吸血鬼後根本完全不會害怕十字架、聖水等等。我認為這些宗教法器，只是對生前有信仰的吸血鬼產生出一種心理性恐懼，才可能發揮壓制作用，對於那些根本對上帝毫無畏懼的極惡吸血鬼，並沒有任何效果。

「在試圖捕殺帕薩維奇之初，我還沒有了解這道理。驚覺聖水對他無效之時，他已然向我施襲。幸好那時是在正午，我及時逃上汽車。左臉上這條傷疤就是被他抓的。掙扎當中，我也扯下了他這條十字架項鍊。

「養傷期間我一直看著它。我知道不可能再依賴宗教法器。我需要一套更適合自己的方法。我想到自己學習了二十年的狩獵技藝。

「五天後的晚上我成功了。我特意挑晚上行動，因為吸血鬼在午夜裡力量最大，最有自信，因此警戒心也最弱。我使用了最原始的狩獵方法——陷阱。他踏中我埋在沙土下的虎牙鉗，為了掙脫它硬生生把自己的左腳扭斷了——吸血鬼是沒有痛覺的。

「可是他不知道，我早就計算好他逃走的方向。他再次墜入我預先挖掘的深洞中，裡面滿滿倒插著削尖的鐵枝。他的心臟被其中一根貫穿了，不斷在嚎叫掙扎，並且吐出前一夜吸飲的鮮血。我把幾個裝滿汽油的玻璃瓶一股腦拋下洞裡，點火把他徹底消滅。」

「那次十字架和聖水無效，只是因為你並沒虔誠地借助上帝的力量。」蘇托蘭神父反駁。

「那是沒法證明的事。」

「上帝不需要證明。」

「神父……」薩格的語氣仍然溫和：「我尊敬你堅貞的信仰。可是我也有權堅持自己的想法。我相信上帝。但同時我也相信，人類只能依靠自己的力量。這是我捕獵十一隻吸血鬼後歸納出的結論，你卻只有驅魔的經驗。」

這段話透著不容侵犯的尊嚴。

「神父，讓再我告訴你一件事例。」他打開第七個玻璃櫃，從裡面拿出兩枝長箭。

箭的造型非常奇特。其中一枝箭鏃有半呎長，幾乎佔了整枝箭的一半長度，有如一枚長鐵釘；另一枝的箭鏃則呈彎月形，鋒利的內彎朝前，兩邊月牙非常尖銳。

「一九七〇年在倫敦海格特公墓出現吸血鬼，一名少女沃依迪拉脖子曾被咬，留下兩個發炎的傷疤。

「八月十三日，聖格拉爾教會的曼徹斯特先生出動，進行捕獵吸血鬼的行動，有大批人目擊其過程。

「曼徹斯特與朋友闖入地下墓穴，經點算後發現多了一口棺材，比其他棺柩較為完好，而且直接放在地上而非石台。曼徹斯特於是開棺，在男屍第七、八根肋骨間打入木椿，貫穿心臟。

「但是曼徹斯特低估了吸血鬼的智慧。事實上那隻吸血鬼的確帶了自己的棺木進入墓穴居住，卻把公墓中另一死者的屍體移進自己的棺材，自己則改用那副有登記的靈柩。

「那天夕陽西下後，墓穴開始發出沉悶的吼聲。曼徹斯特不敢再進墓穴，而在穴外進行驅魔儀式，宣讀聖經和揮舞十字架，還在通道處撒滿聖水和聖餐餅碎塊。最後他把十字架扔入黑暗的墓穴，然後慌忙以磚頭和水泥把地下墓穴通道堵死。

「事實證明，這位虔誠的曼徹斯特先生的驅魔儀式毫無效用。那隻吸血鬼——我給他起的名字是羅西亞——次日便挖掘磚牆離去，臨走前還把磚牆回復原狀。以吸血鬼的力量來說，那是輕而易舉的事。」

「你怎麼確定他逃出了墓穴？」蘇托蘭質問。

「我當時一直在旁觀看驅魔儀式。為了確定墓內真有吸血鬼，我等人們全部離去後，在磚牆上加了一個蠟封印。結果第二天發現封印被破壞了。

「羅西亞為了避過人們的注目，決定移往另一個城鎮肆虐。但是他太焦急了，不惜日夜兼程，因而令力量減弱了許多——期間他也沒有餘暇尋找吸血的對象。我輕易追蹤到他，在一條無人公路旁，用這兩枝箭把他結果了。長釘箭貫穿心臟，月牙箭切斷喉頸。

「一般而言，吸血鬼移動迅疾，能夠輕易避開弓箭這種低速的遠程兵器。但是他太疲弱了，根本察覺不到我就埋伏在他前方。我在近距離以強力的十字弩射中他。」

拜諾恩聽得入神。真是動人的故事。薩格述說時所表現出的豪情，深深打動了拜諾恩。他接過那兩枝奇異的箭，幻想壯年時的薩格如何握著十字弩匿藏在草叢，手心冒汗，凌厲的眼神盯著遠方正以詭異姿勢奔行的吸血鬼……

這位老人，真是過著鮮烈的人生。

拜諾恩這時察覺自己的臉熱了起來，呼吸變得有些急促。這種久違的感覺，只有少年時想到滿意的小說橋段時才會產生。

他恭敬地把箭放回櫃內，輕輕闔上玻璃門：「薩格先生還未完全回答我：為甚麼要當吸血鬼獵人？」

「我要怎麼回答你呢？只是種奇怪的興趣罷了。我並沒有非要狩獵吸血鬼不可的理由。就像有人喜歡賽車、打球和游泳一樣，那些都是與求生無關、對社會沒多少益處的事。即使是原始人，也會繪壁畫或者拋擲石子取樂吧？我出生在富裕家庭。有錢人沒有求生的問題，總是特別渴求尋找生活的意義；有人選擇最容易的方式，以飲食、衣服、性愛等享樂。我則選擇艱苦的狩獵。

「對於負有神聖使命感而來、希望向我學習的蘇托蘭神父而言，我的想法也許有點冒瀆：我個人並不太憎惡吸血鬼。沒有任何事物比吸血鬼更能引起我的興趣。我狩獵他們的原因，就是為了探求更多關於吸血鬼的事情。」

「這個櫃為甚麼空著？」蘇托蘭指著最後第十二個玻璃櫃。

「這是紀念我一生中唯一狩獵失敗的吸血鬼。」

拜諾恩更加生起濃厚興趣，瞧向那空櫃。

「我初次遇上他是二十年——不，二十一年前的事了。之後我們又交鋒了四次，每次我都落敗。他非常狡猾和謹慎，不斷轉換居所。他避過了我設計的一切陷阱，多次徹底擺脫我的追蹤。他還具有駕馭同類的能力，招集多隻吸血鬼供他指揮，為他尋找犧牲品，這樣他親自露面的時間也就越來越少，我要追捕他更加困難。我估計，他的『死亡年齡』有幾百歲。」

「幾百歲！」蘇托蘭的臉顫動著。

「你見過他的樣子嗎？」拜諾恩問。

薩格搖搖頭：「看不清楚。白天他從不行動。最後一次與他交手，我遠遠見過他的臉。只有一點特徵確認到：他眉心間紋了一個納粹的『鈎十字』徽號。

「之後我再沒見到過他，只查出他從挪威渡過大西洋，抵達了美國。我也跟著來了，從東岸苦苦追查到西岸，一直找不著他的蹤跡，期間反倒狩獵了我人生中最後兩隻獵物。」

薩格打開第十一個櫃，拿出一枚紫心勳章：「這是我最後消滅的吸血鬼，艾倫．洛斯陸軍上校，是越戰英雄。如今他的骨灰已然沉入密西根湖。我原想把這勳章寄還他親人，但他只有一個已改嫁的前妻。可憐的男人。

「這已是八年前的事了。在成功消滅洛斯的軀體之前，我錯失過兩次機會，整整花了九個月，對付洛斯時還用了一枚從黑市買來的手榴彈，之後我就知道，自己再也沒有擔當獵人的精力了，要捕獵『鈎十字』也再無希望。於是我在這裡定居，埋首整理過去的經歷，並且繼續研究吸血鬼的起源，直至現在。」

「你準備把所知的一切發表嗎？」拜諾恩問。

「還沒有決定。」

「為甚麼呢？為甚麼不把吸血鬼的存在公開？為甚麼不讓其他人知道？」

「孩子。」薩格苦笑：「那是沒有益處的事。我要怎麼證明呢？除了生擒一隻以外別無他法；但這幾乎是不可能的。若是成功了又如何？我沒辦法把它公開。政府會封鎖一切。你知道政府每次發明或發現一種事物，最先會用在哪方面嗎？」

「軍事。」拜諾恩恍然。

「吸血鬼用在軍事上。」蘇托蘭搖搖頭。「那是難以想像的恐怖。」

「政府還有個特點，就是永遠都過度自信。」薩格說：「他們以為自己能夠駕馭上帝以外的一切。你們也聽說了最近一宗新聞吧？一個由三國政府合作的研究中心，在研發一種新病毒時，讓感染了病毒的實驗用兔子逃跑了。幾個月後，這種病毒已經威脅全澳洲數以百萬計兔子的生命，連環地嚴重危害當地郊外生態。就是這麼回事。

「世上也有人只不過看了電影和小說，就渴望自己成為吸血鬼，幻想當中的美好。我在狩獵生涯裡，已經碰上過無數很認真地冒充吸血鬼的瘋狂男女，這些『吸血鬼迷』的各種荒唐行徑，令我也咋舌。我理解他們的想法——許多人都渴求永恆的生命，而代價不過是自己的靈魂，和一點點血而已。我無法想像，如果讓他們知道真的有吸血鬼存在，會發生多少可怕的事情。」

拜諾恩看見蘇托蘭神父露出歎息的神情，顯然十分贊同薩格的看法。

「跟我一樣致力於狩獵吸血鬼的人，以我所知最少有三十個。我們互相很少聯繫，因為獵人總是比較相信自己的經驗與方法。但是我們存有一個共識：不會藉助政府的力量行事。我們沒有連結起來，選擇各自獨自行事，也是不希望引起官方的注意。」

一條細小黑影在大廳旁一道側門出現，拜諾恩眼角瞥見那異動，全身頓時警戒，背項微微弓起。大半個月的逃犯生涯，令他神經異常緊張。可是肩背肌肉繃得太緊了，拜諾恩仍未完全康復的肋骨傳來一陣隱痛。

「不要緊張。」薩格微笑：「是我唯一的夥伴。」

拜諾恩看清了，是隻毛色黑白相雜的大貓，身體看來有些笨重。

「她叫『芝娃』，最近剛懷孕了，所以脾氣不太好。」薩格拍拍手，雌貓立即跑到薩格跟前。薩格彎身輕輕把牠抱起來。芝娃發出不安的低嘶，目不轉睛地盯著拜諾恩的臉。

拜諾恩並沒留意牠的舉動，繼續向薩格發問：「說了這麼久，到底吸血鬼是甚麼東西？要消滅他們有甚麼方法？」

薩格卻似乎沒有聽到拜諾恩的說話，只是專注於芝娃的異常反應。

拜諾恩與蘇托蘭對視。

良久薩格才開口，視線仍未離芝娃的神態：「這些問題容後再答吧！我剛才已說了很久。神父，你究竟是為了甚麼事情來找我？」

蘇托蘭無語，又再看了拜諾恩一眼。

薩格立時會意。「拜諾恩先生，請繼續在這裡參觀，我相信神父有些事情要跟我到書房談談，失陪。」

薩格帶同神父步上階梯時，芝娃伏在主人肩膊，一雙綠色的貓眼依舊盯視拜諾恩，低嘶中透出一股恐懼。

□

「你知道拜諾恩究竟是甚麼嗎？」書房裡，蘇托蘭神父急切地問。「你是最有資格回答這個問題的人！」

「我已經有一些頭緒……」薩格翻閱從架上取下的一本古書：「但是我們需要再做一次實驗才能夠確定。就在晚餐上。」

薩格打開書桌抽屜，取出一柄式樣古拙的匕首。

□

十幾天以來，拜諾恩為了爭取時間逃到加州，與神父只靠吃乾糧維生，連公路旁的速食店也不敢光顧。

現在面對薩格親手烹調的羊排，拜諾恩腹裡食慾在翻滾。

「請別客氣。」坐在餐桌首座的薩格舉起紅酒：「拜諾恩先生，為我們初次見面；神父，為上帝的榮耀，乾杯。」

拜諾恩恭敬地舉起水晶酒杯，喝下一口葡萄酒。

薩格與蘇托蘭目擊著拜諾恩臉上的變化。

拜諾恩原本就比常人蒼白的臉，瞬間變得更白皙，彷彿在發光。這絕不是喝酒後的反應。

接著他發出一聲夢囈似的低吼。目光渙散，眼瞳似乎變成更淺的褐色。伏在飯廳旁的芝娃不安地弓起身體，尖聲高叫。

薩格看見：拜諾恩的手指用力地抓在羊排上，烏黑的頭髮聳動著，眼袋變得深色，臉龐的輪廓都比幾秒前深刻突顯了許多。

拜諾恩的指甲刺進羊肉裡。

蘇托蘭在胸前劃十字。

芝娃的身體弓起來，呈現準備戰鬥的姿態。

拜諾恩發出一聲嚎叫。

薩格拔出藏在衣服底下的匕首。

匕首鋒刃的反射光芒映入拜諾恩眼瞳。他突然清醒過來，臉色神態恢復原狀，然後尷尬地揮去抓在手裡的羊排。

「剛才……發生了甚麼事？」拜諾恩的聲音顯得有些疲倦乏力：「我又看見了那種光……在我的身體裡……我感到很渴……」

「拜諾恩先生。」薩格收回匕首。「雖然我覺得這樣的事太湊巧，可是現在我已經沒有懷疑了……你是個『達姆拜爾』(Dhampir)。」

「甚麼？」發問的是蘇托蘭神父。

「這名字來自吉卜賽人和斯拉夫民族的信仰。根據記載，他們認為雄性的吸血鬼——吉卜賽語為『穆洛』——具有與女人做愛並使其懷孕的能力。所誕下來的罕有嬰孩，就是『達姆拜爾』。」

薩格指著拜諾恩：「你是吸血鬼與人類的私生子。」

# 第七章
# 達姆拜爾檔案

FBI檔案

編號：PW M486609-B993277-FCXG

姓名：尼古拉斯・拜諾恩
性別：男
血型：AB+
出生日期：一九六九年一月三十日
出生地點：奧地利維也納聖薩巴斯津精神病院
族裔：匈牙利人
髮色：黑
眼珠色：淺褐
體高：六呎（一八三公分）

體重：一六〇磅（七二．五公斤）

父親：不詳

母親：伊麗莎白．拜諾恩，職業為天主教會修女。一九六八年六月十三日出現歇斯底里症狀，被斷定患上精神病，處於對身邊人事高度恐懼的狀態。送入聖薩巴斯津精神病院後驗出已懷孕，懷疑遭不明人士強姦而導致精神崩潰，病類未能確定。誕下尼古拉斯．拜諾恩後同日逝世，終年二十四歲。

養父母：一九七四年由美國籍夫婦凱文／碧達娜．吉布斯收養，仍保留舊姓，原因不詳。同年移居美國紐約市長島區。凱文．吉布斯（職業商人）一九七七年宣告破產，同年自殺逝世，終年四十二歲。碧達娜．吉布斯（職業護士）一九七七年帶著養子移居紐約市布朗克斯區。一九八七年因肺癌逝世，終年四十八歲。

教育：一九七四年進入紐約市聖約翰私立學校，一九七七年轉讀布朗克斯區馬薩里斯公立學校，一九八五年提前畢業於同校高中部。（詳細成績見附表）

職業履歷：一九八五年於布朗克斯區班氏雜貨店工作。一九八六年進入警察訓練學院，一九八七年擔任正式巡警，一九八八年晉升初級探員。一九九一年獲選拔，抽調轉任特勤局，並遷居華盛頓哥倫比亞特區。一九九三年脫離政府部門，成立「尼科私人保安公司」，遷居伊利諾州芝加哥。

婚姻紀錄：無
精神病歷：無
嚴重受傷/疾病經歷：無
犯罪紀錄：無

彼得．薩吉塔里奧斯筆記

十月二十五日

仍然不敢相信：有個萬中無一「達姆拜爾」就在眼前！想不到在有生之年能夠遇上。

其實第一眼看見拜諾恩這年輕人時，我就有種奇怪的感覺。那跟接近吸血鬼的感受並不相同。最初我以為那是因為他遇過吸血鬼襲擊，而且成了聯邦通緝犯，恐懼和壓力令他身心出現異常所致。芝娃卻比我更敏銳辨別出他的氣質。我真的老了。

許多年沒有這種興奮難眠的感覺了，熱切地想要仔細研究他，但是我得小心，不能傷害到他。他是人，不是吸血鬼。這點我必須緊記。

看得出蘇托蘭神父對拜諾恩產生了很強烈的警戒。神父的精神狀態有點失衡，大概是面對吸血鬼時那無力感，與自己的絕對信仰產生矛盾而引發。信仰像把他的心困在一個硬殼裡，思維開始呈現極端化。恐怕這將令他步入危險境地。希望他不會到達自視為殉教者的地步——被開除了聖職，對他的打擊著實不小。

努力翻查所有有關「達姆拜爾」的記載。按照傳統說法，「達姆拜爾」具有探知吸血鬼所在的超自然能力，在古時是最好的吸血鬼獵人。

先前會覺得事情實在太巧合，可是漸漸我不再這樣想。生而為「達姆拜爾」的人，也許早晚都要與吸血鬼相遇。那是他的宿命。

而我這個退休的吸血鬼獵人，被牽扯進他的事情，也毫不稀奇啊。

也許可以好好訓練他。不過最終還是看這個年輕人怎麼想。他有權決定自己的未來。不過昨天我講解狩獵吸血鬼歷程時，拜諾恩的確顯得非常熱切。

當時我在想：假如自己有個像他的兒子，願意耐心傾聽我那些塵封往事，那有多好……

聽過拜諾恩述說過去，大概估計到他的母親是遭吸血鬼強暴而生下他。為了更深入了解，剛才在他同意下，對他進行了催眠。

這是我歷來進行過最困難的一次催眠，不單因為已經生疏，也因為精力比以往衰退了太多；而這孩子擁有十分堅強的意志，要解除他情緒上的保護半點也不容易。但是終於成功了。以下是錄音帶整理出來的筆錄。

(B＝拜諾恩)

我：回憶你的童年，更早的時候，慢慢地仔細回憶……在維也納時是怎樣的。

B：我住在很大、很大的一座古老大屋裡。看見許多小孩。有個很大的花園。許多人……

我：是孤兒院嗎？

B：是的。是碧達娜阿姨這麼告訴我的……

我：很好。再繼續往前想。到孤兒院之前是怎樣的？

B：想不起來……看見很多人。很多女人，穿著白色衣服，戴著白帽。紅色的東西，有許多直條。好像是個籠子，裡面有隻鳥……

我：再多回憶一些。

B：不行。沒有了，只看見燈光……

(這部分失敗了。以催眠術激發幼年回憶，畢竟有其限度。)

……

我：昨天你喝下那杯紅酒後，看見了甚麼？昨天晚餐時的事情，記得嗎？

（我說的是被我混入了人血的酒。）

B：我看見自己進了一處黑暗的地方。頭暈很嚴重，像喝醉了。很暗……四周的東西在動，濕潤的東西——是內臟！是我自己的內臟！我看見心臟和肺的鼓動。沒有聲音。很溫暖。然後出現了光，像一道門慢慢在開啟。光漸漸變大。我凝視著它，全身好像變得輕飄飄。光裡有些東西……不行，光變得細小，一切都暗下來了。門關上消失了……

我：很好。你剛才說光裡有東西，仔細想想是甚麼？實物嗎？會不會動？

B：很亮。我一直凝視著……對啊，光裡出現了一個小黑點。它漸漸跑近我，還看不清楚，但它確實在向我接近……漸漸變大了……

我：很好，再努力想，你看見的是甚麼？為甚麼會奔跑？是人嗎？是誰？

B：我見它跑得很快、神態很兇……很亮……（露出困惑表情）

我：很兇是嗎？那到底是甚麼？

B：是一隻野獸……我從來沒見過，形狀很奇怪的野獸……不，牠又離開了。牠消失了……

## 維達．蘇托蘭神父筆記

十月二十五日

第一次聽聞「達姆拜爾」的存在。

吸血鬼的私生子！難怪拜諾恩說能夠用肉眼看見夏倫的動作。「達姆拜爾」還有甚麼其他超乎人類的能力？如果借助拜諾恩的力量，狩獵吸血鬼就會容易得多——不行，我必須小心。那邪惡、污穢東西的血，同樣流動在拜諾恩體內。不可以輕易相信他。

他甚至不算是人……

拜諾恩喝過血後，樣子和神態跟夏倫很相像。那蒼白的臉色、嗜血的狂野眼神、飢渴的嘴巴……第一次在旅館房間看見時，我已經感到不祥。求上帝幫助！

拜諾恩會否有一天也變成吸血鬼呢？要留意他的舉動。對他來說這可能是冒犯，但我不能冒這險。面對吸血鬼沒有仁慈可言，它們是撒旦的使者。

即使不是，他們也是被魔鬼利用的可憐人。對待他們最仁慈的方法，就是消滅其魔性，讓他們真正安息。

薩格先生與拜諾恩雖然只是剛剛認識，但我感覺出來，他們之間很快就產生某種無形的連繫和共鳴。我甚至覺得，他們就像一對父子。薩格先生的魄力和智慧的確令我敬佩萬分，但他的思想存在十分危險的部分。我擔心他可能會為了好奇心和成就感，把拜諾恩推入萬劫不復之地。我絕不允許這種事情發生。

願榮耀歸於上帝！

# 第八章
# N．拜諾恩之日記 III

十月二十六日

小時候經常幻想自己的父親是個怎樣的人。是個把母親強暴的卑劣惡徒？還是充滿魅力、足以令媽媽背棄對上帝承諾的男人？

八年前我特地請假回維也納調查，結果一無所獲。修道院早就被一場大火燒掉，幾個年老的主持修女也已去世，其他比較年輕的修女一個也找不到；精神病院中只有我的出生紀錄，還有母親的病歷及死亡登記。

想不到如今是由一個才剛剛相識了一天的老人告訴我：我的父親是誰。

「不想再看見你這冰冷的怪物……」慧娜沒有說錯。我真的是怪物。我的身體裡，有吸血鬼的血統。

慧娜……如今分隔著我們的，已經不止那二千多公里距離。

昨天接受完催眠後，一直躲在客房裡。我需要點時間調整自己的情緒。一出生便是孤兒，然後又遇上種種不幸的我，早就直覺自己與別人不同。現在才明白，那是一種絕對的差異：我根本就不是人類——或者說，只是半個人類。

我曾經幻想：這是不是個他媽的瘋狂誤會？薩格和蘇托蘭也許都只是活在妄想症裡的瘋子？可是我親眼看見夏倫啊。死了二十五年的夏倫！還有他虐殺眾人時使出的速度與力量，絕對不屬於人間。

一切都是真的。我現在就活在這樣的「新世界」裡。

下午薩格老先生到房裡來看我，他把那條銅鑄十字架項鍊送了給我。我推辭好幾次，但他硬是把它戴上我頸項。我知道這是他生命裡十分重要的東西。

「為甚麼送我？」

「祝福你的平安。」

從他的解說，我終於確實知道吸血鬼（也就是我父親）究竟是甚麼。

「吸血鬼就是『沒有死去的人』或是『活死人』（Undead）。頗矛盾的說法吧？用哲學一點的方式說，是介乎生存與死亡之間的一種奇異存在。而且是基本上能夠永恆持續的存在。

「要維持這種永生，吸血鬼需要不斷吸飲人血——雖然也曾經有吸血鬼襲擊動物的記錄，但相信原因只是嗜殺或自衛。被吸血的受害者全只有人類。

「人血到底如何維持吸血鬼的生命呢？那機能過程我無法確知——我沒有活捉過吸血鬼，那實在太過危險。我只知道，那跟人類的進食、消化和吸取養份機能截然不同。吸血鬼並不需要呼吸，他們「死亡」時都被埋在泥土下。我還遇過為了躲避人類耳目而匿藏在地底的吸血鬼。

「雖然不需要呼吸維生，吸血鬼的呼吸技能仍然極強，肺部比常人強壯許多，作用是為了迅速吸啜受害者的血液。

「吸血鬼基本上仍然是人類，身體裡有血液循環——這是何以貫穿心臟能夠殺死吸血鬼；仍然有思想，靠腦部指揮行動——因此斬首能斷絕其身體機能。」

接著薩格詳細向我解釋吸血鬼的各種特質：

吸血鬼擁有超乎常人的視力、聽覺和嗅覺，也具有夜視能力——這一項我也有。他們的肌肉力量往往是人類數十倍，憑之能夠做出超乎人類肉眼所見的動作——當然那只是指瞬間爆發力，他們的能量始終有限，還未至於能夠長期持續不斷地使用高速。

一隻吸血鬼的年歲越久、吸血越多，種種能力都會進一步提升。他們能令肉體產生變化，所有吸血鬼都會長出比正常人類尖利的犬齒，有利咬噬吸血。有些吸血鬼的手腿關節變異了，能夠以奇特的角度和幅度屈曲，像夏倫就能變成蜘蛛那樣爬牆。被薩格消滅的帕薩維奇，頭上長著三支尖角，手指則是常人兩倍長。甚至有傳說記載，曾有吸血鬼長出能飛行的翅膀，不過這點未經證實。

不像小說或電影裡的描述，吸血鬼並不會因為接觸陽光而融化或被燒焦，那些說法只是出於不準確的口耳傳聞或是作家的想像。吸血鬼在日間也能活動，只是力量和感官能力會減弱不少，所以吸血鬼確實不喜歡太陽。這個特性我也有一點。

吸血鬼當然不一定要睡在棺材，但他們休息時確實喜歡待在密閉而黑暗的空間裡，有的就會選擇陵墓和棺材以減少被打擾。關於吸血鬼是不是真的需要睡眠，薩格沒有完全確定，但從過去的狩獵經驗看，他們還是像一般生物，躺著不動是最能夠保存體能的休息方式。

除了體力外，擁有極強精神力也是吸血鬼的特長，只要在一定距離內，他們雙眼直視人類能夠產生催眠作用，最常見效果是令獵物動彈不得；另一項特殊能力是把體內水份化成霧氣，從皮膚散發出四周，用以掩藏行蹤而逃走。這兩項我在面對夏倫時就親自領教和目睹過了。

吸血鬼另一最可怕之處，是擁有極強的復原能力，割破的傷口能夠在即短時間內癒合，骨頭重接就需要較長時間，但往往只是兩、三分鐘裡的事。有些更強的吸血鬼，被砍掉肢體也能夠重新長出來。薩格至今都無法理解那是一種怎樣的機制。他打趣說：也許正如蘇托蘭神父相信，是「撒旦的魔力」吧？

當然吸血鬼還擁有長久的生命，他們能夠在歲月中不斷吸取知識。有的吸血鬼非常狡猾，像薩格一直想捕獵的「鈎十字」，就經常不斷遷移，成功地隱藏在人類的社會。在這幾百年間說不定積累了不少財富來保護自己。

不過薩格說，這樣積極進取的吸血鬼其實不多：「擁有永生者，是不會有很大動力去進步的。一件事情，今天做和幾十年之後做，對他們沒有很大分別。這跟頹廢的貴族很相似——沒有要迫切追求的東西，於是只沉醉在每天的慾望中。這就是吸血鬼思維上的弱點：他們的嗜血野性，還有對自身超越凡人能力的自信，往往會蓋過理性判斷。吸血鬼的頭腦，可說有一半屬於野獸。如何利用這弱點，正是我能夠擊敗吸血鬼的要訣。」

我問他：狩獵和消滅吸血鬼有甚麼戰略？

「最直接而又最少失誤的方式，就是找出他的巢穴，在日間他力量最衰弱的時候偷襲。但這絕不容易，吸血鬼往往都準備多個棲身居所，並且每隔一段日子就會遷移，因為他知道在同一地區行凶太多就會引起人們注意。有些吸血鬼會把自己埋在泥土下，或躲在極狹小的黑暗場所如山洞石縫，亦有的扮成流浪漢，躲在暗無天日的城市陋巷或廉價公寓，因此，除非清楚掌握到那吸血鬼的樣貌、底細和生前的生活習性，否則要發掘他的老巢十分困難。

「這就像狩獵一樣：尋找獸穴其實很困難，等待野獸出外覓食時捕獵則容易得多。但這也是比較危險的方法。因為那是夜間，吸血鬼力量最強盛的時候。

「正如人類對付野獸，速度上鬥不過，就要想怎樣限制對方的動作。陷阱是一個最明顯的選擇：困住他，然後用預早就準備的火力，將之徹底消滅。」

薩格再次強調：要消滅有再生能力的吸血，最透徹的方式與古老相傳的說法無二：斬首，並且貫穿心臟。從前有些吸血鬼獵人為了保險，更會將屍體燒成灰。不過以他的經驗其實並無必要。

「我一向習慣使用比較傳統的武器：利刃、弓箭和火焰。這既是個人喜好，但也因為是古老相傳的方法，比較有信心。除了在最後一次的緊急關頭，用了一枚手榴彈。以我所知也有獵人使用現代槍械甚至炸藥。但我還是覺得，用一根長形物徹底插穿吸血鬼心臟，用刀鋒完全砍去他頭顱，令我比較安心。

「始終有一點你要牢記：雖然我花了幾十年對付吸血鬼，但也只是捕獵了其中十一隻。世上究竟有多少吸血鬼，我無法確定，相信我所遇過的只不過是少數。我對吸血鬼的知識，只是比普通人多一些而已，其中還有許多謎題。也許還存在一些擁有前所未見能力的吸血鬼，甚至其他形態的『活死人』也未可料。對於那個世界，我們所知實在甚少。

「總而言之，狩獵吸血鬼關乎生死。即使他們被最嚴密的陷阱困住，他行動受限的時間也只是以秒為單位計算。獵人必須使用他最有把握的方法，因為很可能沒有第二次機會。」

薩格講解吸血鬼的特性時，整張臉就像在發光。是男人專注於自己志業時所散發的氣魄。即使到了這個年紀也不會消失。

我問他有沒有家室。

「我的生命中有過許多女人，但除了短暫的激情之外，我不能給她們最需要的東西。」薩格也沒有子女。他苦笑說：「這讓我常常想，把我所知的一切帶到墳墓裡，確實是有點可惜……」

說到這裡他顯得有點感觸，於是我們去了廚房那邊喝一杯——當然這次酒裡再沒有混鮮血了。

不知道是甚麼原因，我跟這位老人僅僅相識了兩天，就像久違的老朋友一樣。這是我人生裡從沒有發生過的事情。我從不輕易對人打開心房。「冰冷的怪物」。過去唯一能夠走進來的人就只有慧娜。而當初也是她主動接近我的。我們約會了差不多大半年才真正在一起。

與薩格一見如故的理由是甚麼？

是不是正因為：他是吸血鬼獵人，而我天生與此有密切關係的緣故？

於是我問薩格：「達姆拜爾」到底是甚麼？更重要的是，我會不會也因此有天變成吸血鬼？

「斯拉夫和吉卜賽文化裡，關於『達姆拜爾』的記錄很多，不過除了明確指出『達姆拜爾』是吸血鬼和人類所生，而且非常稀有之外，其他許多細節往往都互相矛盾。

「吸血鬼是如何把自己的特性遺傳給『達姆拜爾』的呢？這是個謎。我估計有兩個可能：以類似病毒的方式傳給下一代；或是某些人成為吸血鬼後，基因產生後天突變，並將之遺傳。我認為後者的可能性比較大，因為『達姆拜爾』很少有，也就是說很可能只有某種特殊基因偶發出現，才可能讓人類女性接受吸血鬼的精子，並誕下這混種的孩兒。」

他一直說「達姆拜爾」，而沒有直指我，是在顧及我的感受。

「經過前天的實驗，我初步推論：『達姆拜爾』飲用人血後，會暴露出很明顯的吸血鬼性質。我認為——只是認為——『達姆拜爾』一旦飲用大量人血，這些特性會越來越強烈，以至長期留存在『達姆拜爾』的身體內。那麼若再繼續飲血，超過了一定界限，『達姆拜爾』有完全變成吸血鬼的危險。」

他說時的眼神像對我說：你要小心。

「怎樣才知道會到達那界限？」我問。

「只有上帝才能回答。不過就算未經飲血，『達姆拜爾』天生已經具有一些特長，例如你就有比正常人強的夜視能力。而各種記載中，有一點是非常一致的：『達姆拜爾』是最厲害的吸血鬼獵人，因為他擁有探知吸血鬼所在的異能。這方面你目前仍未掌握。」

我想了想之後問薩格，可不可以訓練我狩獵。

「孩子，你要仔細考慮。除了榮譽感以外，這不是能令人愉快的志業。當然也有獵人靠著成功捕殺吸血鬼，得到他們長年以來積存的財寶，用以支持繼續狩獵。但是世上賺錢的方法多的是，犯不著冒這麼大的危險。

「多數的吸血鬼獵人就如神父或僧侶，都是放棄了俗世事物和歡樂而投入這個生涯。當神父至少也會受到信眾的尊敬。沒有人會讚頌我們的經歷。因為根本沒有人知道。

「而且我告訴你，在多年的狩獵生涯裡，我面對的困難和危險不止來自吸血鬼，還往來自人類。我有次狩獵時差一點就被愛爾蘭的農民圍毆死亡，也曾被西西里黑手黨跟蹤監視，還有好幾次被警察拘捕——雖然最後都沒遭起訴。我們還得一生都活在警戒中，防範有吸血鬼來報復。

「現在並不是古代社會。即使你是『達姆拜爾』，只要小心一些，仍然有方法避開吸血鬼好好過活的。你真的想當吸血鬼獵人嗎？」

他雖然口中不斷在說各種負面的話，但我看得出他心中深處，其實有一股對我的期許。

我回答薩格：我並不想逃避。我想跟他一樣，致力追尋吸血鬼的來源；我想了解是怎樣產生出我這個「達姆拜爾」。

「我希望尋求出是否有令吸血鬼恢復為人類的方法，這樣或許也能令我變回正常人。」

我又對他說，反正我已經成為通緝犯，根本已經再沒有能失去的東西。除了性命。

「你所冒的危險，將不只是死亡啊。」

我明白他的意思。

「你想要狩獵的第一個對象，就是約翰．夏倫嗎？」

「他殺死了我三個同僚。感情雖然不算深，但總算是許多年來互相託付生命的朋友。沒錯，我要復仇。」

「沒關係。只要你不被那種情緒影響你的判斷就行了。」

薩格看來同意了我的請求。

接著是要為狩獵做準備，第一步是蒐集情報。我們首要搞清楚的是，庫爾登菸草公司為甚麼要捕捉夏倫？他們又是如何得知這吸血鬼的所在？

這一點其實之前這些天我已經不斷在思考。在接下這宗生意之前，桑托斯按慣例對庫爾登公司的近況做了些調查，以確定我們不會涉入金融犯罪之類的麻煩，並且向我報告過。調查結果並沒發現任何異常。我們也因此接下了那宗生意。

但現在再努力回想，桑托斯當時還曾經輕輕提過一句：

「查理斯．庫爾登那老頭，好像有好一陣子沒公開露面了……」

一條線頓時在我腦海裡連結。

我再次與薩格討論。他叮囑我：庫爾登菸草具有強大的財力和無遠弗居的影響力，而他們一定會繼續尋找夏倫，我們必須小心。

「記著，吸血鬼獵人的敵人，也常常包括人類。」

要解開這個謎團，我必須聯絡一個人：我最後的僱主，克里夫．麥龍。庫爾登菸草副總裁。

十月二十七日

今天在公共電話亭，我用先前安排過的緊急聯繫方式，成功和麥龍通話了。過程比想像中簡單得多。

那是因為麥龍本來就很清楚，殺人的並不是我。

而且他顯然也很急於向我索取關於夏倫的情報。

我並不擔心會有執法部門在旁竊聽，因為肯定庫爾登並不願意跟警方或是ＦＢＩ合作，出賣我對他們毫無好處。他們也沒有要把我滅口的動機——就算我被逮後對警方說出實情，結果只會令自己變成另一個著名的妄想殺人狂，下半生都離不開精神病院。

即使如此，我還是採取一切安全措施，每隔不夠五分鐘就轉移到另一個公共電話亭，所以我與麥龍的對話是斷斷續續地完成的。

一如所料，麥龍的聲音顯得非常緊張。我先穩住他，告訴他我並非要勒索。

我直截了當地先扯個最重要的大謊：我知道夏倫在哪裡，我能夠替庫爾登抓到他。代價是一筆足夠我逃亡的報酬。

麥龍沉默了好一輪後聲音帶點興奮，向我開價一百萬，並且承諾會動用庫爾登的國際人脈，把我弄到世上任何地方。

我冷冷回答他：一百萬我接受，但是由庫爾登協助逃亡就不需要。我對他們沒有這麼信任。

這時我才在話筒裡以裝作不經意的語氣，拋下真正的炸彈：

「放心。我會抓到『那傢伙』，替老頭子治病的。」

憑著在紐約警探生涯裡學到的詢問技巧，我聽出麥龍的呼吸頓時變得重濁。

說中了。這就是庫爾登要得到吸血鬼的目的。

麥龍為了掩飾，焦急地轉換話題，卻馬上給我想要的情報：「你動作要快！有別的人也正在找『那傢伙』！」

我問：「甚麼別的人？是不是最初提供『那傢伙』情報的人？」

「大概就是。無論如何你要快！要搶前頭！是得到一百萬在遠方自由過活，還是監獄裡渡過餘生，就由你自己決定！」

在約定下次聯絡方式後，我把話筒掛上。事實上我當然不會再打電話給他。

從市中心平安回到薩格家後，我們開會討論。蘇托蘭神父十分激動。

「不能讓他們得到夏倫！他想變成吸血鬼！擁有庫爾登巨大財富和權勢的吸血鬼！那將是災難！」

我同意神父的說話。

薩格關心的是：麥龍所指的，是有另一個、甚至另一隊吸血鬼獵人正插手此事。而以庫爾登的辦事方式來看，這獵人的目的大概是金錢。

薩格說：有把握活捉吸血鬼的獵人，以他所知世上並不多。

我們三個達成一致的結論，就是麥龍有句話非常對：

我們必須搶前頭。

# 第九章
# 五十萬．希特勒．快速球

FBI特派員史葛．朗遜錄音

十月二十八日

加州　聖地牙哥

剛收到了昆蒂科〔註〕方面的報告：歌詞上的字跡和簽名經過專家鑑定，有超過百分之九十五可能性確實是屬於約翰．夏倫的真跡。

廿五年前死了的夏倫，手書筆跡寫在簇新的紙上。

交到我手上的，到底是一宗甚麼案件？

註：昆蒂科（Quantico）是FBI訓練學院所在地，裡面設有各個科學鑑證及研究部門，還包括專門分析嚴重暴力罪犯心理背景（特別是連環殺人犯）的「行爲科學組」。

死亡搖滾偶像的新近筆跡、兩條乾屍、頸項被怪力扭轉一百八十度的死者……這些若是被小報知道，肯定會說是外星人所為。

要不是在局裡剛好有巴里．米勒那個瘋狂搖滾迷，夏倫筆跡這回事，真是不知何年何月才會發現。

該死，這事情越來越複雜了……（停機）

……那匈牙利小子到底到了哪？那輛本田汽車進入加州後就消失了。最有可能來到這裡，但幾天下來毫無進展。拜諾恩有足夠時間越境逃入墨西哥。如果這樣，這案件差不多可以收起歸檔了。

在這裡窮磨下去也不是辦法。兩天內再沒進展，只有交給州警了。以後要再抓到拜諾恩，只得碰運氣……（停機）

……六小時之前，達拉斯分部收到匿名電話。終於有點希望。

電話裡的男人非常聰明，很快就結束通話，只是簡單說了幾句。他叫我們留意庫爾登菸草公司內一個叫荷西．達金的男人，說他跟這案件有關。

荷西．達金是庫爾登菸草研究發展部行政經理，專事財政工作。靠著匿名者提供的資訊，我們也查到與該部門有來往的一個慈善基金，最近有一筆五十萬元的不尋常支款。收款戶頭是個叫法蘭克．山形的日本人。戶頭自本月十三日收了這五十萬以來一直再沒有動靜。已經在密切監察中。

我最感興趣的是：那通告密電話裡的是甚麼人？昆蒂科從錄音確定，電話經過變聲處理。我透過無線電話聽過錄音。說話非常有禮，不緩不急，顯然不是低下層或黑幫。是庫爾登內部的知情人士嗎？這推斷最合理。

荷西．達金是哈佛大學商管碩士，一個黑人能在一家這麼保守的公司爬上這個位置，十分難得。本月剛剛升遷，這點也值得可疑。無犯罪前科。從前曾在公關公司工作，接觸層面極廣泛，這方面比較難著手。

那筆錢怎麼會跟漢密爾頓的事件扯上關係？唯一的連結點，就只有庫爾登菸草。

查理斯．庫爾登那老頭，有傳聞說他病得快死了。如果是真的話，希望那是肺癌。

無論如何，那筆錢，還有戶頭的主人「山形」，已經成了我手上唯一線索……

**十月二十八日**
**加州　洛杉磯**

牆壁上的黃色警示燈，隨著重金屬搖滾節奏一明一滅。

閃動的黃光映照著一幅直接繪牆上的巨大希特勒肖像。獨裁者身穿軍服，眼神透露著狂野的慾望。

*I Hate this World*（我痛恨這世界）

*And this World Hates Me Back*（而這世界也反過恨我）

*I Killed a Man*（我殺了一個人）

*And Everybody Want Me Dead*（而所有都想我死）

*I Raped a Girl*（我強姦了一個女孩）

*And Nobody loves Me... Anymore...*（而再沒有人愛我……）

唱片裡那把沙啞又年輕的聲音，吶喊著這麼一句句淺陋而毫無意義的歌詞，竭力在向所有人訴苦，自己對世界是何等絕望。

公寓裡堆著各種大小酒瓶，牆上掛著許多性虐用具。桌上有個大啤酒杯，裡面裝滿不知怎樣收集而來的許多探員證。一束凋謝到變成黑色的玫瑰，插在長皮靴中。電腦擱在地板一角，螢幕噴滿紅漆，鍵盤缺掉許多塊就像老人的牙齒。室內的一切擺設都混亂而隨意，毫無道理。

在唯一的沙發上，坐著一個高瘦的男人，他的金色長髮遮掩了大半邊臉龐，袒露的上身如雪皎白，右手拴著一柄軍刀。

他發出嘶啞的聲音：「換換音樂吧，穆奈。」

屋角那個矮小的駝子應聲站起來。「是的，主人。」他更換了唱機上的ＣＤ。

這次揚聲器奏出了雄壯的納粹黨歌。

「我可憐的約翰……」男人撫摸伏在他膝上的夏倫。「你終於也回來了……」

夏倫抬起臉，他的眼神中充滿敬畏。

「為甚麼要離開？」男人撫摸夏倫的鬈髮。

「我……只是想獨自集中精神，多寫幾首詩……」夏倫的聲音顯露怯懦。

「這是個錯誤啊，約翰……能夠給你最佳靈感的人，只有我一個。」

「我知道，我錯了……」

男人又輕撫夏倫蒼白的臉頰。

「你知道嗎？在我這麼多創造物裡，你是我十分珍視的一個。因為你不止沉溺於新得的生命和欲望裡，還留著從前對創作的執著。這樣的同類其實很少啊。我很高興你平安回來……這段日子我是多麼想念這你……」

男人俯首，親吻了夏倫的嘴唇一下。

「你的嘴巴很冷。」男人以尖長的指甲輕刮夏倫下唇。「很久沒有吃到好東西吧？待會我叫穆奈找幾個女人回來。不要街上那些流鶯，找幾個新鮮的處女，好嗎？」

夏倫目中卻閃出憤怒的火焰。「在喝光一個人的血之前，我這饑餓感不會消失。」

男人撥開夏倫左邊鬢髮。被槍彈打碎的耳早已重生，只是新舊肌肉間交接處仍隱約有些印痕。

「是傷了你那個男人嗎？報紙上說，他的名字叫尼古拉斯·拜諾恩。很好聽的名字啊……」

「我要他！」夏倫的聲音像野獸嘶吼。

「約翰，你知道自己為甚麼會受傷嗎？」男人從褲袋掏出一件東西：「是這個。」

夏倫看見男人握住銀十字架，身體縮成一團退到了牆角，發出顫震的嚎叫。

「不！拿走它！求你！」

「你要學會克服這種恐懼。它只是你小時候受父親虐待和無聊教育遺留下來的記憶。在歌唱生涯裡，你一次又一次地表現出對世俗毫無忌憚的反叛，骨子裡其實只是你面對童年恐懼，作出反射的自我保護，從來沒有真正地克服它。現在你要學習。」

男人伸出舌頭，舐舐手上的十字架。

「為甚要害怕基督啊？他跟我們一樣，都是從死亡復活，並且獲得永恆的生命。假如他是神，我們也是神。」

男人揮開遮在臉前的長髮，暴露出眉心上的一個納粹「鈎十字」刺青。

**十月二十九日**

**加州　洛杉磯**

光頭男人把一個黑色小皮箱捧進浴室，在盥洗盆旁打開皮箱，掏出一酒精燈與打火機。

燈口上方架起了一個細小鋁盆。男人以打火機點燃燈芯，再用水杯接上水龍頭的少許清水，注入鋁盆中。

等待清水加熱時，他從小皮箱拿出一具精巧的迷你電子秤，和一個外表十分古舊的長木盒。

光頭男人從西服內袋，掏出剛在街上買來的兩包白色粉末。他拆除包上的鐵絲封口，以電子秤仔細地逐一稱量粉末份量：

古柯鹼：五公克

海洛因：六公克

兩者都達到人類最低致死量的十倍。

具興奮作用的古柯鹼，跟具有抑制作用的海洛因混合，成為通稱「快速球」（Speedball）的新興毒品。「快速球」在服用幾秒內，會迅速交替地產生心臟加速跳動和減緩的效用，那刺激感極端強烈，但稍微過量也很容易導致心臟完全停頓而死亡，是極危險的混合痲藥。

光頭男人把兩種毒品的分量都準確計量好後，把酒精燈火焰吹熄，才將兩堆粉末以細針撥進鋁盆內。

蒸氣令鏡子一片模糊。古柯鹼和海洛因迅速溶化在熱水中。光頭男人用針耐心地攪拌。

「快速球」冷卻後，他打開那個長木盒的銅鎖釦，裡面藏著一支大號的注射針，它末端的長長鋼針管，比一般醫療用注射針粗許多，似乎專門用於貫穿某種硬物。

男人取下針頭上的厚膠套，以針筒吸取鋁盆內的「快速球」混合液。不一會注射針已注滿那濁白液體。

光頭男人把膠套套上針頭，謹慎地把注射針放回長木盒。木盒內有柔軟的厚墊，保護注射針不會破損。

他關緊木盒的銅鎖釦，把他收進了西裝內袋中。

男人瞧著仍蒙有薄薄一層蒸氣的鏡子。裡面他的臉，冷靜而充滿自信，跟任何專業人士無異。

# 第十章
# 護身符．武士刀．雷鳥

## 十月三十日
## 加州 聖地牙哥

拜諾恩的吸血鬼獵人訓練，進入了第四天。蘇托蘭神父開始不耐煩。

「別再浪費時間了。」神父對薩格說：「盡快出發吧。我們必須搶在庫爾登找到夏倫之前消滅它。」

「不可以心急。」薩格清潔著那挺他久已沒用過的雙管獵槍，心平氣和地說：「我們的實力還不足夠。別忘記，我已經八年沒有狩獵，精神和肉體都比從前衰退了許多。我需要訓練尼古拉斯來協助我。」

「我呢？」神父激動地反駁：「上次已經證明了，夏倫懼怕我的驅魔法器！只要我壓制著它，加上你的經驗——」

薩格揮手打斷他：「神父，狩獵吸血鬼，一旦失手就很大可能死亡。而且現在對方已經被警醒，早有準備，只靠你跟我太冒險了。尼古拉斯是個好學生，他本身就具備了獵人的許多條件：強健體魄、對搏擊和槍械的知識、警察的耐性和頭腦，還有保安專家的謹慎和洞察入微。我要教導他的事其實並不多，其中最重要的是『達姆拜爾』對吸血鬼的感應本能。要是這個能力真的存在，只要他掌握到，夏倫就逃不了。」

薩格把抹得乾淨、各部件都上好油的獵槍掛回牆壁，與神父離開書房，步下階梯走到地牢。

地牢的大部分空間被改裝成練靶場。拜諾恩面對一具厚厚的人形紙靶，站在射擊位置，跟前桌上整齊排列著幾種手槍、一具十字弩和一副護耳罩。

拜諾恩穿上薩格替他買回來的牛仔褲和蘇格蘭格子襯衫，戴著透明淺黃色的射擊護眼罩。人形紙靶在他眼前只有五公尺處。

他手上的並非手槍，而是一柄發出閃光的長形物。

拜諾恩腰腿抖動，臂腕迅速劃出優美的彎弧。一股輕細的破風聲在密閉地牢內呼嘯，讓人覺得格外尖銳。

硬物擦擊的聲音聲。一柄樹葉狀飛刀深深插進人形紙靶的鼻部位置。

「如果要練習這個，你最好還是瞄準心臟。」薩格微微笑著走近：「不過看來你已經夠準了。」

「我小時候就迷上這玩意。」拜諾恩扯動滑輪繩，把人形靶拉近，拔出靶上的飛刀。「我在工作時習慣把它藏皮靴筒裡。也許算是護身符吧。你覺得它對狩獵吸血鬼有用嗎？」

「別期望太高。」薩格說：「飛刀的速度還遠低於弩箭，即使很近的距離，而吸血鬼又跌入了陷阱，也可能被他避過。而且飛刀的威力很難深入心臟──除非你也擁有吸血鬼那種怪力，那就另作別論。」

「也是。我亦沒有準備要跟夏倫這麼接近。」拜諾恩把飛刀收回皮靴內裡。「還是留作護身符吧。」

神父察覺到，拜諾恩這個年輕人自從遇上了薩格，並且知道自己不是正常人類後，心理起了很大變化。彷彿心靈中某些像冰塊的東西融解了。

──就像在這個世界，他才找到自己。

「繼續訓練吧。」薩格說。「陷阱方面的知識你已大致掌握。現在要集中在感應探知能力上。」

他帶著拜諾恩離開地牢，同時說：「首先脫下十字架。」

拜諾恩有點疑惑，但仍遵從薩格的吩咐。

薩格把那原本屬於吸血鬼帕薩維奇的項鍊放入口袋。

在大廳坐下後，薩格面對拜諾恩，以半催眠的語氣說：「你注意感受一下，現在與剛才戴上十字架時有甚麼不同？有沒有突然失去了一些甚麼的感覺？」

拜諾恩閉起眼，依從薩格的指示，全神貫注地觀照自己感覺的變化。對，確實像是忽然缺失去了甚麼……好像是一種……

「氣味……」拜諾恩夢囈般說。

「那是怎樣的氣味？能辨別嗎？嗅到它現在正從哪裡傳來嗎？除了在我的口袋以外，還有甚麼地方有這股氣味？」薩格不斷提出指示。

拜諾恩皺著眉。

——沒錯。大廳裡還有其他地方傳來出那氣味。再用心一點辨別。那不止是氣味，彷彿還帶著一股氣壓般的微細力量，刺激著我眼鼻一帶的感官和神經……

拜諾恩仍然閉目，身體像夢遊般站立起來，緩緩踏出一小步。

他以極緩慢的速度在客廳內遊走，有時候皺眉輕輕搖頭，修正前進的方向。漸漸修正越來越少了，他也走得也越來越快。

他停留在一具玻璃櫃前。裡面掛著洛斯上校的紫心勳章。

「從這裡傳來。」拜諾恩睜開眼睛。

「『達姆拜爾』的天分果然很可怕……你已經初步掌握了感應吸血鬼的能力。」薩格把十字架還給拜諾恩：「牢記著剛才的感覺，在心裡不斷重複地強化記憶。」

「為甚麼是洛斯呢？」拜諾恩凝視那紫心勳章。

「洛斯上校，是我最後消滅的吸血鬼，因此其遺物上的殘留的氣息最濃。」薩格說：「剛才我用『淺度催眠』方式，協助你集中精神，效果蠻成功。這令我想到有個方法，或許能夠令你的天賦本能在短時間內加速喚醒。」

「要怎樣做？」拜諾恩十分興奮。

「這需要神父的協助。」

□

「我反對！」蘇托蘭神父斷然拒絕。「太危險了。拜諾恩可能陷入我們無法預料的狀況，一旦失控……我們可能會被迫消滅他！」

「神父，請相信我的經驗。」薩格顯得很有信心。「雖然這是我首次真正接觸『達姆拜爾』，但經過這幾天的測試和觀察，我深信尼古拉斯不會那麼容易越過界線。但如果他的能力開發成功，將大大有助我們找到夏倫。」

蘇托蘭沉默了一會。「拜諾恩先生，你自己決定吧。但有一點我要事先聲明：假如變成最糟糕的情況，我會毫不猶疑地用木樁貫穿你的心臟！」

拜諾恩看看神父和薩格。「這很公平。我相信薩格先生，開始吧。」

□

再一次接受「深度催眠」的拜諾恩坐在沙發上，身體無意識地輕輕搖晃，思緒的方向已然被薩格掌握。

「可以開始了。」薩格說著，謹慎地把針筒刺進蘇托蘭神父的左臂內側血管，抽出鮮血。蘇托蘭神色非常緊張，一直注視著拜諾恩。

當薩格將針筒裡的血注入水晶酒杯時，催眠狀態中的拜諾恩似乎對那氣味非常敏感，鼻翼在不停聳動。薩格加快動作，又再從蘇托蘭的手臂抽出另一筒鮮血來。這樣已經累積了半杯。

「夠了，就這樣。」薩格說。蘇托蘭自行以早就準備的藥棉止血。

薩格拿起那半杯仍然溫暖的血，遞到拜諾恩嘴邊。

「喝吧。這是世上最甜美的酒。你現在很渴。一口氣飲盡它。」

鮮血全部進入拜諾恩食道。其他兩人都異常緊張。蘇托蘭緊緊地反握著一柄匕首。

很快，那恐怖的面容，再次在拜諾恩臉上顯現。雖然已經是第三次看見，蘇托蘭面對拜諾恩這猶如惡鬼的臉，時仍深感震慄。

拜諾恩發出低沉嚎叫，有如一頭半醒的野獸。

「擴展你身體和心靈的感覺。把它不斷向外延伸。」薩格並不知道「達姆拜爾」那感應吸血鬼的能力到底如何運作，只能發出比較空泛的催眠提示，喝過這麼多血的拜諾恩到底還會否接收，薩格並沒有百分百的把握。

「專心地感覺……好，現在你開始回憶。那天的夏倫。約翰．夏倫。回想你在黑暗的屋內看見他。他給你甚麼感覺？他發出甚麼氣息？牢記著它……很好。現在就像剛才那樣，把感覺延伸出去。看看是不是能夠感受到夏倫的所在……」

拜諾恩發出恐懼吼叫。蘇托蘭舉起匕首，準備隨時攻擊。

「不用怕。」薩格語氣極其平靜。「夏倫不在這裡。他傷害不了你。如今你是獵人，他是獵物。你要找他出來。憑你的感覺和對他的記憶……」

薩格雖然在催眠時努力保持聲調平和，他心裡的緊張感不下於蘇托蘭，不過並非擔心拜諾恩變異失控，而是因為期待：他多年以來，從古書上讀過關於「達姆拜爾」的種種記載，那些傳說中的異能到底是真是假，眼前就有機會證實。

——我太幸運了。想不到到了這年紀，仍然有這個機會了解新東西……

「不遠……」拜諾恩突然開口說話，而且聲音異常粗啞，完全不像平日的他，令薩格和蘇托蘭兩人嚇了一跳。

接著拜諾恩舉起手，伸出食指。

遙遙指向北方。

**同時　洛杉磯**

夏倫發出尖銳嘶叫。他抓起壓在下面的裸體少女，猛摔在牆上。脊骨折斷。少女毫無反應，屍體軟軟沿著牆壁滑下。

那幅希特勒壁畫因此而裂開來，一大片血污抹在元首喉頸處。

「約翰，發生了甚麼事？」剛喝飽血在假寐的「鈎十字」從床上掙扎起來，衝到夏倫跟前。

夏倫雙手抱頭：「剛才好像有些東西，刺探到我的頭顱裡……」

「很痛嗎？」「鈎十字」憐惜地撫摸著夏倫的頭髮。

「不……不痛。但是那感覺不陌生……是他！那個叫尼古拉斯的男人！我感覺到！我不明白他是怎麼做到的，但是他確實探進了我的腦袋！就從那邊……」夏倫說著時舉手，食指伸向遠處虛空。

他指向南方。

「要去找他……要去找他……」夏倫已經恢復過來了，目中閃現出濃濃的殺意。

「鈎十字」扶起夏倫的身體。「來好，我們現在就去。坐你最喜歡的『雷鳥』。」

**三小時二十分鐘後**

**同地**

「駝子」穆奈很快樂。

他已經很久沒有這樣快樂過。自從主人得到英俊的約翰．夏倫後，就把他這忠心僕人冷落了。到夏倫出走後，主人變得比從前暴戾，不時毒打穆奈——雖然作為吸血鬼其實已經沒有痛覺，傷口和斷骨又很快痊癒。但是被淩虐賤視的感受，還是令穆奈難過。

現在夏倫回來了。主人的情緒也復原。雖然夏倫又把主人暫時帶走，卻把三隻獵物留了下來給穆奈享受。

穆奈掃視被鐵鍊鎖腕吊在牆上的三名裸體少女，心中打不定主意，到底要先吃哪一個。

裸女們身體白得微灰。她們的血液已被吸去許多，意識徘徊在死亡邊界。

穆奈爬到中間那少女前，因為看中她身上的瘀傷最少。穆奈的舌頭伸向少女私處，繼而向上滑動，經過肚臍和兩乳之間，滑上喉嚨和下巴。穆奈狠狠咬下去，把少女的鼻子噬下。

臉上只餘兩個血洞的少女，即使劇痛也無力反抗，只能發出呻吟。

穆奈吐去那塊肉，正要伸嘴向血洞吸啜——

忽然他聽見奇怪的聲音，而且嗅到陌生的氣味。

穆奈飛快抓起掛在壁上的斧頭，關掉黃色警示燈，伏在窗外燈光照不見的暗角。很寧靜，除了少女虛弱的吟叫。

穆奈看向窗——

玻璃碎破，木條斷裂。一條黑影躍入——

穆奈以超越人類的速度揮斧，砍斬在人影肩頭！

——一記低沉的撞擊。衣衫被斧刃割破，肉體卻絲毫無損。

從割開的衣衫裂口處，穆奈看見那個躍進來的光頭男人肩上，紋有看不懂的一串漢字。

照見五蘊皆空度一切苦厄

光頭男人站定，穆奈終於看見那對細小的眼睛。

「太好了！」穆奈心裡想。男人與他四目對視，穆奈乘機發揮吸血鬼特異的瞬間催眠力。

但不知為何，穆奈卻發覺自己發放的能量被男人的眼神反彈，完全無法鑽進其意識深處。

這時穆奈聽到，光頭男人口中唸誦：

「唵嘛呢叭咪吽」

穆奈驀然發現，自己的身體有點遲緩，手指開始不聽使喚，斧頭掉落地上。

——難道他也不是人類嗎？

穆奈的眼目失卻焦點。

男人揮臂，擲出一件兩頭像矛尖的半呎長法器，深深插進穆奈心臟。

穆奈惶恐向後仰倒，卻只有駝背觸地，乏力的短小四肢在空中揮動，有如身子翻轉而在不斷掙扎的烏龜。

光頭男人緩緩拔出斜揹在後一柄長長武士刀，眼神冷酷地向穆奈問：「夏倫去了哪裡？」英語帶著濃濃的異國口音。

穆奈喘著氣，雙手卻搆不到心窩：「拔……出來！快！拔出來……我不想死！」

「告訴我夏倫在哪裡，就替你拔出來。」

「聽說是要去南方……坐著『雷鳥』……快拔……」

光頭男人雙手握著刀柄。

「在你返回六道輪迴之前，記著我的法號：空月。」

弧形刀刃一閃而過，斬下穆奈碩大的頭顱。

接近烏黑色的血液，自斷頸處流遍地板。

空月掃視這座陰暗的公寓。

「還留著夏倫的氣息。應該走了沒多久……」

他步向吊在牆壁上那三個裸女。

「太可憐了……待貧僧完成一切後，再超度妳們的亡魂吧。」空月以日語說。

銀色刀刃再次揮動。

# 第十一章
# 交通網

## 史葛・朗遜之錄音

同日　聖地牙哥

……剛收到消息：法蘭克・山形從那戶口領取了五千元現金，地點是洛杉磯日落大道。

我決定立即去洛杉磯，艾西則留在這裡，守候拜諾恩的消息。

備忘：到當地銀行要拿保安錄影帶觀看，確定山形的樣貌。

汽車剛壞掉。來不及申請租車。有一班夜車剛好配合時間。同僚會在洛杉磯的車站備好車。

莫名地緊張，現在一點點線索，對我來說都他媽的珍貴。

**同時**

**洛杉磯——聖地牙哥公路　聖安娜市附近**

一輛火紅的敞篷「雷鳥」，載著兩個長髮男人，引擎帶著怒吼的聲音發動，駛出公路旁加油站。

「雷鳥」的立體聲收音機，播出充滿流浪味道的藍調怨曲：

*A Man must Learn*（一個男人必須學習）
*The Way of being Lonely*（孤獨之道）
*To Seek the Stardust*（尋找星塵）
*To Cross the Furious Sea*（越過洶湧之海）
*To Love the Desert*（愛上沙漠）
*To Feel the Joy of Liberty*（感受自由的快樂……）

加油站裡，服務員失去了許多血液，屍體倒臥在收銀櫃台後。

**十月三十日**

## 聖地牙哥至洛杉磯夜行列車

薩格感覺興奮極了。八年來首次再度狩獵吸血鬼，而且是以前所未有的方法。一方面他非常渴望，進一步測試拜諾恩這「達姆拜爾」在追捕吸血鬼上的天賦；另一方面他也暗自警戒，不要讓好奇心蒙蔽了對危險的判斷。

——我得好好注意拜諾恩的變化。

他彎身把放在座位下的寵物籠提起來，朝籠內的芝娃說：「對不起，在妳懷孕時還要帶妳出來。可是我們現在真的需要妳啊！忍耐一下。」

芝娃圓鼓鼓的肚子，隨著列車行駛而輕微晃動，牠發出略帶緊張的叫聲。

薩格把貓籠安放回座位下。

「行李袋裡的武器不會被發現吧？」坐在身旁的蘇托蘭神父問。

「不用怕。」薩格微笑：「這只是短程列車，不會有檢查。」

「為甚麼我們不開車？」神父問。

「尼古拉斯還被通緝中，公路上反而容易被發現。」薩格瞧向對面的拜諾恩。

拜諾恩閉起眼睛，安坐在廂座。薩格為了避免其他乘客騷擾，特別買了包廂的票。

拜諾恩全神貫注於自己剛剛掌握的感應力。這是連薩格也意想不到的收穫：拜諾恩在接受催眠後喝血所激發起來的強大感應，竟然在清醒後仍然維持。

「怎樣？」蘇托蘭問。「夏倫仍在北面嗎？」

拜諾恩點點頭：「比早前的感覺更強烈。」

「看來他的感應力掌握得越來越好了。」薩格說。

「也有可能……夏倫正南下而來！」神父神色凝重。

薩格怔住。沒錯，這點他可沒想到。拜諾恩所「伸展」出的能量，會不會同時也被夏倫感應到？

──在我方出動狩獵的同時，對方也正在對拜諾恩展開追捕嗎？

「我們要加倍小心。夏倫確實可能也在採取主動。」薩格撫摸左臉上的長疤──這是他多年來狩獵前的習慣。

「神父說得很對……」拜諾恩皺眉：「夏倫似乎真的在接近中！只是還有一段距離。我很渴。每次喝了血後就這樣……」

「我替你買飲料吧！可樂好嗎？」神父站起身。拜諾恩點頭道謝。

神父拉開廂室門離開。

「怎麼樣？」薩格把門推上時問：「真的接近得很快嗎？」

「……我蠻肯定。」

座位下的籠裡，傳出芝娃的不安叫聲。

「芝娃，有甚麼事？」薩格疑惑地低頭。芝娃雖然也有感應力，但還沒強到能夠感應夏倫所在，何況她沒有和夏倫接觸過……

門拉開來，出現的並非蘇托蘭神父。

薩格看見一個滿臉髭鬍的中年男人，以一柄「貝雷塔 92F」手槍對著拜諾恩。

拜諾恩睜開眼，看著史葛．朗遜血絲密佈的雙目。

「似乎一切都結束了，拜諾恩先生。」朗遜的視線焦點不離拜諾恩，槍口直指他胸口。「還有這位……你就是那個神父嗎？汽車旅店的老闆似乎形容得不準確……還是你把頭髮鬍鬚都染白了？疤痕倒是弄得很像。」

朗遜右手穩定握著槍，左手從西服口袋掏出探員證。

「FBI特勤員朗遜，我現在就亞利桑那州漢密爾頓一宗多重凶殺案拘捕兩位。要我宣讀你們的權利嗎？」他朝拜諾恩微笑。這當然因為拜諾恩本身就曾經是警察。

「我想我跟你一般清楚。」拜諾恩說：「你是怎麼找到我的？」

「原則上我不必回答。」朗遜說：「不過可以告訴你：很慚愧，只是湊巧坐上這班車。」

「FBI特勤員不是兩人一組的嗎？」拜諾恩仍維持微笑。

「我不必告訴你……」

「可是你現在一人行事。」

「我一個便足夠。」朗遜心忖：拜諾恩確實難纏。

「你願意先聽我們解釋嗎？」薩格說。

「這回到警局再慢慢說……」

「你能解釋現場那兩具乾屍嗎？」薩格的喝問充滿威嚴：「還有其他人的慘狀！那不是人類所為。讓我告訴你——」

「神父。」朗遜平靜地說：「別再這樣激動，不要迫我動用武力。」

這時蘇托蘭神父握著一罐可樂，出現在走道上。

朗遜充分表現出專業能力：握槍的右臂仍紋絲不動，左手把探員證亮給站在他右側的蘇托蘭看。

「ＦＢＩ！」朗遜簡短地說：「我在這裡拘捕了兩名聯邦通緝犯。這位先生，請代我告訴車長，以列車的通信設備告知下一站的站長報警。最少要派二十人來。」

蘇托蘭點點頭：「好的。」

他擲出手上的可樂罐。

鋁罐擊中朗遜右額同時，坐在包廂裡的拜諾恩仰起身體，右腿迅疾蹴出，踢中朗遜握槍右腕！

手槍從打開了三分一的車窗飛出外頭，消失在黑夜之中。

走道上的蘇托蘭神父猛力推按，把朗遜擠進狹小廂室，順道把門關上。

拜諾恩與薩格都已經站起來，與蘇托蘭三人團團包圍著朗遜。

「特勤員先生，請不要亂動。」拜諾恩瞧著正痛撫額頭的朗遜：「我們沒有惡意，但有一件重要事情現在非辦不可。我現在只能這麼告訴你：我絕對沒有殺死任何人。」

「老實說，直覺也告訴我不是你幹的。」朗遜苦笑：「但你能告訴我凶手是誰嗎？不要說是約翰．夏倫……」

「他知道了！」神父神色緊張。

「他們查出那些手稿的來源。」薩格冷靜說。

「凶手到底是誰？不要再跟我打啞謎！」朗遜切齒：「還有，你們現在要去哪裡？殺人滅口嗎？那個法蘭克．山形，跟你們有甚麼關係？」

「你搞錯了。」拜諾恩搖頭：「現在你沒有任何權力盤問我們。即使我說出真相，你也絕對不會相信。至於甚麼法蘭克，我們根本——」

拜諾恩雙手突然抱頭。

座位下的芝娃再次嗚叫。

「很接近……很接近！」拜諾恩閉目。

「我們現在怎麼辦？」神父焦急地問。

「到了下一站，你們鐵定逃不掉。」朗遜說。

「我們不會到下一站。」薩格轉身，雙臂伸向車頂的行李架，把兩個長型皮革旅行袋拉下來。

「前面有個大彎，到時車速會慢下。」薩格把其中一個皮袋塞到拜諾恩懷中。「到時我們便離開這列車。」

「要怎麼離開？」神父不解地問。

「用最簡單的方法。」薩格打開手上的皮袋，把裝著芝娃的籠子塞進去，然後微笑：「你沒有看過西部片嗎？」

**同時**

**洛杉磯往聖地牙哥公路**

**拉古納希爾斯附近**

「停車！」夏倫呼叫。

「鈎十字」把「雷鳥」急煞住。四條輪胎冒出白煙與輕微的燒焦味。

柏油路上一片黑暗。「鈎十字」把車頭燈關掉——擁有夜視能力的吸血鬼原本就不需要它們，開燈只是為了避免無謂的麻煩。

公路兩旁沒有半戶人家，全是看不見盡頭的荒原——右邊距離海岸有十多哩遠，在這兒嗅不到半點海洋的氣息。

「是他的氣味。」夏倫說。「我嗅到一點點……是他沒錯。」

「鈎十字」閉起眼，心神貫注於鼻前。

「我也嗅到……一種熟悉的氣味，已經是好一陣子以前的記憶……我記起來了，在挪威。這個人……好不容易才擺脫他。」

「鈎十字」打開車門。

「來吧。『盛宴』快要開始了。」

**同時**

**洛杉磯往聖地牙哥夜行列車**

沒有人發現那條黑影：一個光頭男人揹著一具長形袋子，趁著列車拐彎減速時，從車廂連接處躍向夜空。

# 第十二章
# 血腥殺陣【Side A】

## 十月三十一日凌晨

拜諾恩獨自坐在一座小木屋頂上，仰視著晴朗的夜空。

密佈著星群的天幕，以一股壓倒的力量感，籠罩著拜諾恩。

強烈的孤寂無聲泛上他心靈。久處其中，讓他開始生出了一些幻覺。

遠方的黑暗中，好像隱約看見有條長衣飄飄的身影，似要消失，又似在接近。

那好像是慧娜。

太靜了。那寂靜中拜諾恩彷彿聽到微弱的歌聲。是夏倫在唱歌嗎？模模糊糊的音調，沒有任何具意義的字詞，只是如泣如訴的夢囈，是介乎生存與死亡的吶喊。

拜諾恩用力搖了搖頭。這些幻視和幻聽消失了。

他知道自己為甚麼會這樣。

那是因為夏倫的氣息逐漸逼近。

而他卻要壓抑著巨大的恐懼，勉強自己繼續坐在這屋頂。這是不合乎自然的事。等於要求羊在看著狼走近時仍然一動不動。慧娜的幻象，大概是他的腦袋為了自我保護而產生的安慰。

而他感覺確實像「看見」夏倫。拜諾恩無法形容那感覺。今夜他就像打開了第三隻眼睛，看得見從前不可能看見的東西……

一股尖銳的恐怖感，突然從他脊髓冒起——有如刺痛般的脈衝。拜諾恩這一刻再也無法壓抑本能了，身體迅速做出條件反射，他翻身閃向屋頂角落——

夏倫撲到拜諾恩剛才所在的位置，尖長十指貫透了鋅皮屋頂。

——終於來了！

拜諾恩絲毫不差地按照薩格預早的指示，完成了一連串動作：趁著夏倫手指仍卡在鋅皮中的瞬間空檔，他抓起屋頂角落一根粗繩，縱身躍下。

拜諾恩以飛身下墜的力量，拉動繩索。

整個屋頂隨著機關活動而塌陷。夏倫奮力想躍起來，但無處著力，跌進木屋裡。猶如裂帛的奇異聲音，在屋中響起。

拜諾恩著陸時順勢打了一個滾，然後迅速抓起藏在屋旁的皮袋，抽出雙管獵槍。木屋四壁劇烈震動，裡面的夏倫在怒吼。

一陣搖撼後，木屋板壁同時坍倒，只餘下依舊堅穩的樑柱骨架。樑柱之間縱橫、斜向交錯著數十根綳緊的鋼線，有如一張金屬製的蜘蛛網。其中幾根鋼線沾著血液和肉屑。

滿身血污的夏倫，被困在這精心架設的「結界」中，右肩被鋼線削去了一大片肌肉。他憤怒地拉動鋼線，試圖搖撼樑柱，手掌卻被割得血肉淋漓。

拜諾恩舉起獵槍預備射擊。

一直匿伏在屋旁灌木叢裡的薩格，也握起已拉弓的十字弩，架上長釘狀弩箭——

薩格的動作突然停住。一股強烈不祥感籠罩著他。

「先別開槍！」另一邊傳來蘇托蘭神父的叫聲，已換上聖職服的神父，高舉著黃金十字架。「讓我以上帝的力量消滅它！」

拜諾恩瞧著神父，遲疑起來。

「不要！」薩格從灌木叢站起來大呼：「神父，別接近！」

蘇托蘭一臉堅定的神色。他挺立在「結界」外，距夏倫只有十幾呎。

神父朝夏倫舉起十字架：「吾以全能、神聖上帝與耶穌基督之名，命令你回到那黑暗的地獄去！在全能上帝創造的大地上，沒有你容身之所！退下吧！邪惡不潔的東西，你是美德的敵人，迫害無辜者，滾開！醜惡的東西，回到地獄的同夥那裡去吧！永遠從大地消失，永遠不能再回來折磨全能上帝的子民！」

夏倫生起恐懼的反應，在蘇托蘭眼裡這是成功的跡象，他連忙拿出一瓶聖水，灑向被困在「結界」中的夏倫。

「別再浪費時間了！」薩格大叫：「神父退開！讓尼古拉斯開槍打碎他心臟！」

「不。」神父斷然拒絕。他目睹夏倫的身體在逐漸萎縮，信心更增，掏出幾片聖餐餅捏碎，準備撒向夏倫——

夏倫突然狂嚎，不理會鋼琴線把手腿肌肉削得見骨，從「結界」中一個小小的空隙衝出去！

拜諾恩舉槍瞄準——太遲了。

夏倫只有頭顱和身軀尚算完好，四肢都被割去大量肌肉，彷彿只剩骨架，他卻像會飛一樣撲到蘇托蘭神父身上，獠牙深深咬進神父右側頸動脈！

「不……」神父拚命掙扎，身體向後仰倒，卻仍無法擺脫夏倫。

拜諾恩和薩格緊握武器，卻無法下手。

神父感覺到身體的血液迅速流失。

拜諾恩目睹，夏倫四肢開始緩緩再生出肌肉。他從沒見過這樣的奇景。

「殺了我……」神父像在哀求：「把我跟它一起消滅……」

薩格舉起十字弩——

這時卻有另一條身影出現，撲向地上的夏倫和蘇托蘭。

夏倫的牙齒放開神父頸項，極力想仰起頭，但失去了手腿肌肉，身體實在難以使喚——

「唵嘛呢叭咪吽！」

一支又長又粗的尖銳注射針高速插下，沒入夏倫的烏黑鬈髮，爽利地貫穿頭蓋骨，深入腦部。

撲下來的那個光頭男人，右手握持針筒，左掌壓拍向注射針頂部，把內筒壓下去。分量足以令十個強壯男人藥物過量致死的液態「快速球」，從針管尖端吐出，直接注入夏倫腦部中樞。

夏倫劇烈掙扎一輪，把針管硬生生折斷了後，軟軟地滑離了蘇托蘭的身體。

不過數秒之間，夏倫的軀體出現了奇異的變化：時而劇烈亢奮地在沙土上打滾，時而又像醉酒般蠕動和呻吟，活像某種低等生物。如此經過反復幾次亢奮/壓抑的狀態交替後，終於慢慢靜止。

斜揹著武士刀、身穿僧衣的光頭男人，半跪在夏倫旁，細心檢視其身體，好一會之後他說：「終於結束了。」

拜諾恩搶過去，扶起蘇托蘭神父上身。神父顯得極度衰弱，臉色蒼白得可怕，雙唇完全失去血色，兩頰乾癟凹陷。拜諾恩馬上從皮衣口袋掏出一瓶白蘭地——原本是準備作消毒用——扭開瓶蓋倒出少許，濕潤神父的嘴唇。

神父原本失卻焦點的目光，恢復了一些生氣。拜諾恩連忙再倒一點白蘭地進神父的嘴裡。

確定神父還沒有嚥氣後，拜諾恩帶著強烈的警戒心，瞧著眼前這個光頭男人。

「你是甚麼人？」

「他叫空月。」薩格在一旁代為回答：「原本是日本密教的僧侶。現在也是吸血鬼獵人。」

空月站起來：「好久不見了，薩格先生。你不是說過無法生擒吸血鬼的嗎？看看，我成功了。只要定期繼續注射藥物，我要把夏倫帶到世上任何地方都可以。」

「你要把他帶到哪裡？」拜諾恩問。「庫爾登總部嗎？」

「不要跟我搶奪夏倫。」空月傲然俯視坐在地上的拜諾恩：「我並不喜歡殺人。只是想分點錢的話，拿一成吧。畢竟你們出了不少力，剛才還當了誘餌。不要跟我討價還價。一成相當於十萬。」

「你這混蛋——」拜諾恩欲撿起地上獵槍，卻被空月一腳踏住。和尚的動作快得驚人。拜諾恩疑惑，這樣的速度到底從何而來？

薩格則仍然維持著隨時發射十字弩的瞄準姿勢——即使他深知弩箭對這個精通東洋秘術和劍法的僧人並不管用。「空月啊，你知道把吸血鬼交給庫爾登的後果嗎？查理斯・庫爾登這種人若是變成吸血鬼，未來的世界難以想像……」

「求求你……為了人類。」躺在地上的蘇托蘭神父也以虛弱的聲線哀求。

「人類？」空月冷笑：「把耶穌基督釘上十字架的，不也是人類嗎？人們活該吞下自己種的苦果。在我們佛家中這叫作『業』（Karma）。」

他轉頭瞧向薩格：「你們還是省下氣力，幫幫這位可憐的神父吧，他可能還有救。」

拜諾恩檢視神父頸上的嚙傷，暫時已經止血了。確實仍然有生還希望。

「不能夠就這麼讓你走。」薩格斷然說：「你必須放棄夏倫。神父剛才的行為雖然愚蠢，但比你的所為更值得我尊敬。他冒著生命危險對付吸血鬼，不是為了金錢或榮譽，而是為了他人的幸福和忠於自己對上帝和正義的信仰。空月，醒悟吧。」

「不要對我說教。」空月目中閃出冷酷的光芒：「那是我師父的論調。別再裝出那副通曉一切的姿態。剛才一切已經證明，我的秘術遠勝過你那套狩獵技巧。」

「不能再浪費時間了。」薩格垂下十字弩：「快把夏倫的心臟貫穿，斬下他的頭顱吧。我有種很不祥的預感。」

「是嗎？」空月冷笑：「我可感覺不到甚麼。我只嗅到夏倫的氣味。」

「那就證明你的能力不足。」薩格指向幾公尺外地上。

母貓芝娃站在那裡，發出不安的嗚叫——不是對著夏倫，而是面向空虛遠方。

「牠察覺出還有不友善的『東西』在外頭。」薩格警告：「可能是夏倫的同夥。」

拜諾恩悚然。他剛才只顧著神父的傷勢，現在站起來遠離夏倫，閉起眼睛專心感覺。

——真的。有另一股不同的氣息，可是卻時而出現，時而消失。

拜諾恩把這感覺告訴薩格。

薩格沉思了一會：「也許這吸血鬼能在靜止不動時隱去身上的氣息。那就是我跟你——」他指指空月：「——感覺不到他的原因。」

「你是說這小子能察覺到我們不能感覺的氣息嗎？」空月以輕視眼神瞧向拜諾恩。

「尼古拉斯不同，他是——」薩格的聲音突然止住。

幾十年狩獵吸血鬼生涯，他未嘗經歷過如此強烈的恐怖——即使與吸血鬼帕薩維奇近距離相對、被他抓傷臉時，薩格也沒有像現在般害怕。

芝娃發出尖厲的怪叫。

空月的臉色也變了。「嗆」的一聲拔出背上武士刀。

躺在地上的蘇托蘭神父，以顫震的乾唇祈禱：「……上帝啊，賜我勇氣……」

拜諾恩迅速抄起獵槍。

「來了……」拜諾恩的聲音也在顫抖。「很近！已來了——在那邊！」

他瞧向薩格的身後。

「快逃！」拜諾恩和空月同時高呼！

薩格感覺一股寒冷氣息吹襲他背項。

緊握十字弩的雙掌手節發白。

芝娃尖叫著撲向薩格身後月光照不見的暗處——牠甘冒危險也要拯救老主人！

薩格左腳邁出一步，正要加速奔前——

芝娃的身軀從那暗影處飛出，肚腹破裂，重重掉到幾碼外。一蓬熱血潑灑在薩格背項。

薩格極力控制自己不要回頭，但失敗了。

他回首，看見一個刺青標誌：

納粹的鈎十字。

□

朗遜伏在附近一座山崗上，目擊眾人捕獵夏倫的情形。

薩格三人在跳車前，以手銬把朗遜鎖在廂座的鋼椅把上，並且取走了鑰匙，但他們沒想到，朗遜在鞋底還藏了另一枚後備。

脫身後，朗遜首先是跑到車頭，叫車長放慢車速，並且代為報警。

然後他毫不考慮也跳下列車。不過這一來已耽誤了好一段時間和距離。朗遜在黑暗中摸索許久，才追尋到薩格三人的所在。抵達時他們剛剛完成了木屋陷阱的設置。

看見對方擁有獵槍和十字弩等武器，朗遜決定還是先待在山坡上靜觀——他也想知道，這三個瘋子到底在搞甚麼玩意。

結果就看見剛才驚人的一幕。

——那個貌似夏倫的人，到底是甚麼東西？為何完全沒有痛覺，而且動作速度這麼可怕？拜諾恩是怎樣知道他在附近的？

看到夏倫的體能，朗遜馬上聯想起漢密爾頓那些死屍。現在他能想像，那些人為甚麼死狀那般慘烈了……

——還有那個白鬍老頭，跟那光頭男人，又是甚麼傢伙？光頭的遠看似乎像亞洲人，又揹著日本刀……他就是法蘭克．山形嗎？

而看見夏倫咬住蘇托蘭神父時，朗遜更無法不聯想到漢密爾頓的乾屍。

他想起一個詞語。一個說出來連自己都會失笑的詞語。一個ＦＢＩ特勤員絕不應該說出口的詞語。

但是再沒有其他名字，比它更能貼切形容眼前酷似夏倫的「東西」。

接著等待朗遜的，是更可怕的一幕。

□

拜諾恩舉起雙管獵槍，瞄準薩格身後黑影，扣動扳機！

撞針擊中圓筒式十號徑霰彈尾端，點燃彈筒火藥。槍管閃出火焰，十顆鉛彈集中一點發射而出。

鉛彈密集成一個直徑僅三公分圓陣，貫入肉體。血肉爆飛。

命中的卻是薩格！

身穿黑衣的「鈎十字」，右手拴著軍刀，左手握住薩格的後頸，擋在身前作盾牌。

拜諾恩全身震動。

他明白剛才是怎麼回事：在他扣扳機前的剎那，這吸血鬼以迅疾動作制住薩格，並把他擋到槍管跟前。

拜諾恩親手開槍打穿了恩師的肚腹。

這種時刻，他卻仍然能夠壓抑著悲慟，做出反應。

——我是「冰冷的怪物」。一切等報了仇再說。

獵槍裡還有一發。拜諾恩穩住雙手，再次瞄準——

長釘狀的弩箭帶著破風之音，貫穿拜諾恩喉嚨。

——完了。

拜諾恩帶著無限的悔恨仰倒，重重掉落地面。

——半點痛楚也感覺不到。

這個時刻，慧娜的幻象在拜諾恩視覺裡浮現。

他的意識漸次模糊。

「當年一直追蹤我的就是你嗎？」「鈎十字」把薩格的頭扭向自己，凝視這老獵人瀕死的眼睛：「我們終於見面了，這不是很值得高興的事情嗎？」

「鈎十字」右手拋去十字弩，再次提起連鞘插在沙土地上的軍刀：「你的氣魄令我很敬佩。一個凡人，如此鍥而不捨地追捕吸血鬼，你的意志很驚人。願意成為我的僕人嗎？現在還有機會。不用說話，我能夠從眼神『讀』出你的心。只要你心裡願意，我立即為你進行『黑色洗禮』。『喝我血的人就得永生』，這是萬中無一的機會啊。」

這對於一個即將死亡的人，是極大的誘惑。永恆的生命啊。

薩格眼神中卻露出決絕之色。

「可惜。」「鈎十字」嘆息：「象徵對你的尊敬，我會讓你死得痛快。」

「鈎十字」左手五指發揮出令人震怖的力量。指甲深入肉中、刺耳的響聲下，薩格的頸骨被捏得碎斷，確實沒有感覺多大痛苦。

空月不由震慄。這麼強大的握力，他前所未見。眼前模樣俊美的「鈎十字」，比他過去遇過的吸血鬼都要強。

——看來他活了很久？……

「剩下你了。」「鈎十字」放開薩格的屍體，提著烏黑皮鞘軍刀，朝空月邁步。「把夏倫交給我，我就讓你死得跟這老人一樣痛快。」

空月冷笑著解開腰帶，脫去僧衣。

赤裸的上身，刺滿了《般若心經》的經句，文字底下肌肉盤結，形狀異常完美。

空月口中反覆吟唸：「唵嘛呢叭咪吽，唵嘛呢叭咪吽，唵嘛……」身體肌肉竟隨著咒文緩緩鼓脹。每個刺青字體都彷彿變大了。

他雙手握著武士刀，擺出刀尖直指敵人眉心的「中段平青眼」架式。

「你很不幸。」空月說：「我只能帶走一隻吸血鬼。你下地獄吧。我承諾會替你的亡魂超度。」

「鈎十字」邪笑，拔出了軍刀。「希望你不會讓我失望。」

仍然清醒的蘇托蘭神父坐起身體，看著空月與「鈎十字」的對峙。

他當然不願看見吸血鬼獲勝；但假如勝利的是那個日本和尚，毫無疑問在不久將來，世上將誕生一隻名為查理斯．庫爾登的吸血鬼——一隻掌握政、經界強大影響力的不死怪物。

兩個結局，蘇托蘭都不想接受。

「天父，告訴我要怎麼做……」

神父瞧著仰倒地上、即將呼出最後一口氣的拜諾恩，心裡突然閃起靈光。

——這是唯一的辦法嗎？

他吃力地從撿起掉落地上那具黃金十字架，以僅餘氣力拉動它上部，拔出一段利刃。原本是十字架上半的部分，成了這把奇異匕首的刀柄和刀鍔。

「是上帝的安排嗎？拜諾恩……吸血鬼的私生子。而我偏偏與你相遇……」

# 第十三章
## 血腥殺陣【Side B】

就跟薩格一樣，空月心底裡對於吸血鬼存在某種著迷之情。

他打量眼前的「鈎十字」：英挺的六呎餘身軀，穿著黑色皮製大衣，猶如伸展台上的模特兒，金色的長髮齊整地束成馬尾，露出一張如雕刻而成的標準西方俊美臉龐，膚色白皙無瑕猶如透明，深幽的雙目，眼瞳呈晶亮的藍色。他單手握持軍刀的體勢優雅無比，散發著一種古典貴族氣質——如果說他已具有數百歲年齡，空月也不會感覺半點意外。

——不行！不可直視他雙眼！

空月驚覺自己險些被對方的精神力壓倒。一旦在心神上落敗，就會被吸血鬼催眠控制，落得成為祭品的下場。

他聚斂心神，不斷唸誦「六字真言」。

「鈎十字」微微一笑。他剛才差點便兵不血刃地擊敗這個東密和尚。

空月突然揮動武士刀，在空虛中劃出九條軌跡，每揮一次便喊出一個字：

「臨・兵・鬪・者・皆・陣・列・在・前！」

這是密教的「九字秘印法」，其原理近似以自我催眠激發人體機能，每一個「秘字」，都象徵刺激自身內臟一個部位。

經過「劃九字」儀軌後，空月的五臟六腑、太陽神經叢、腎上腺、甲狀腺、腦下垂體、松果腺、下視丘等部位此刻都按意志隨意調整，九種內分泌腺和六十種荷爾蒙的分泌分量調和至最佳狀態，全身肌肉充滿澎湃力量，並達到最高的柔韌性。

空月曾經連續七個嚴冬，到京都伏見的五社瀑布進行沖身苦行修練，才達到這種能以意志控制內臟機能的境界。

刺滿《般若心經》的赤裸上軀，散發出一種芳香體味，這是內分泌生起的作用。

「鈎十字」也感覺得出，空月的精神力突然高漲了好幾倍。能在陣前如此突變的對手，他從未遇過。

「神秘的東方文明，果然教人驚訝。」「鈎十字」依然微笑：「我應該去亞洲走一趟的。」

「你沒有機會了。」

空月低嘶著引刀躍前，動作之迅捷比野獸更甚。

兩刀交鋒，在黑夜中迸出星火。

雙方各自揮出一刀，擦身而過。

「鈎十字」快速轉身，目中閃出怒火。

原來他的左臉被劃破了，血痕自白玉般的臉頰上冒起，顯得格外殷紅。

他疑惑地著察看空月：剛才我的軍刀分明早一步砍中他左肩，何以他仍能割傷我？

他注視空月的肩頭。半點損傷也沒有。

「鈎十字」明白了：一身《心經》刺青，可能代表著某種刀槍不入的護身秘法。

「這些漢字是甚麼意思？」他指指空月的肩。

「這句是說：心中沒有掛念的事情，便不會感到恐懼（無罣礙故無有恐怖）。」空月傲然：「你的刀，砍不進我的身體。」

「很好的詩句。」「鈎十字」從外套口袋掏出手帕，抹去臉上血污。刀傷已然自動癒合。「同樣的，你砍傷我也沒用。當年剛才已經證明，我比你快。我會先把你的頭顱斬掉！」

這次先發動進攻的是「鈎十字」。他的動作與剛才空月的攻擊，截然不同：空月的招式充滿剛勁的能量；「鈎十字」的動作卻輕柔無比，全身猶如無重量物體般飄出，速度卻一樣可怕。

「鈎十字」這次連揮三十一刀——全部動作在三秒內完成。

假如是普通人，只會把這三十一刀看成一團光；而如果空月未把自身機能提昇，亦只會看見三十刀同時斬出。

但現在的他，視神經受到內分泌的刺激，加上腦部處於高亢狀態，能夠完全看清楚這三十一刀的軌跡。

武士刀迅捷翻滾，同樣也在一秒內揮出三十一道弧形軌跡，每道都正好以最小的力量，卸去「鈎十字」的攻擊。

最後一個防守動作中，空月的武士刀從弧形運行變成直線，反功「鈎十字」心臟，極短距離下刺出的刃尖，速度比弩箭更高！

「鈎十字」憑著驚人高速，迴轉軍刀擋去這刺擊。

空月身體掠出，剎那閃至「鈎十字」背後死角。

「鈎十字」同樣以順時針方向，反繞往空月背後。

雙方的身體同時高速迴轉，有如兩條毒蛇互相追咬對方尾巴。

轉動的速度越來越快，沙塵飛揚。

空月本來微微比「鈎十字」慢少許，但由於搶佔了先機，足以填補速度上的不利。

高速揚起的沙霧掩蓋兩條旋轉身影。

這樣持續互相追逐了三分鐘，空月漸感不支。

——他忘記了人類與吸血鬼的另一重大差異：人類必須換氣呼吸，吸血鬼卻無此必要。

如此相持，空月的後背勢必被「鈎十字」的軍刀刺破！

空月斷然改變策略：止步，原地一百八十度轉身。

正面迎向「鈎十字」！

「臨兵鬥者皆陣列在前！」

在電光石火的交接剎那，空月使出了他的最高招數「九字秘劍」。

空月的瞬間爆發力提昇至最頂點，腦海一片空白，九刀全部是在無意識中，以身體自然反射動作斬出。

這是「鈎十字」三百五十二年生命裡，目擊過最快的人類動作。

但比起吸血鬼——特別是像他這樣古老的吸血鬼——這速度仍是慢了一點。

一點點。

「鈎十字」振起軍刀，以剛才空月使過的防守方式，同樣劃出九道圓弧，消解了武士刀的攻勢，最後一道圓弧貫滿力量，把空月手中刀擊飛！

——不對。武士刀並非遭「鈎十字」擊去，而是空月自行放棄。

空月的左拳無聲無息擊出，速度更高於剛才「九字秘劍」。

這才是「九字秘劍」的真正面貌：九式刀招全都只是虛攻，這一拳才是真正的必殺技！

空月棄刀出拳，無疑是背水一戰。

這拳勢必要命中「鈎十字」胸膛，隔著肌肉將其心臟打碎！

拳頭已觸到「鈎十字」襯衣。

□

正在彌留間的拜諾恩，闇暗的意識裡忽然看見一絲微弱的光。

他僅餘的知覺，感受到一種溫暖液體，滴落在自己嘴上，緩緩沿著唇片進了口腔，流入喉部。原本插在喉嚨的那根弩箭已經拔去了。

蘇托蘭神父直接把割裂的腕脈按壓在拜諾恩嘴上，讓身體僅有的鮮血盡量灌進去。

「上帝原諒我……」神父的體力降至極低點。「我不知道這樣做……對不對……但這是最後的……機會……」

左臂的血液已經流得很慢。神父以牙齒咬住十字架匕首，又割破自己的右腕。

割脈本身是一個需要極大氣力的動作，以蘇托蘭現時的狀態，原本不能做到。但是信仰和希望的力量，卻支撐著他身體，巨大的精神力，克服了不可能。

眼看自己的血液從創口湧出，神父已經感覺不到痛覺，他再次把手腕遞向拜諾恩嘴巴。

「全能全善的上帝……請聽我最後的禱告……」神父連視線也已開始模糊：「讓這『達姆拜爾』復活啊！」

拜諾恩看見的那絲光明，漸漸變得更大更亮。

他確定了身處何地。

又再次進入了自己的內臟之間。

他向前走過。四周那腥臭的氣息，溫暖而濕潤。

前頭光華更亮。一道沉重、塵封的古老大門在前面廣開，展開一片看不見盡頭的荒原。

荒原中有點黑色的東西漸漸接近，越變越大。

是在奔跑中的東西。生物。

一隻野獸。

拜諾恩從來有見過如此兇猛可怖的獸：碩大頭顱長著三根又彎又尖的犄角，頭頂、兩腮和頸項的紅色鬃毛如火焰燃燒似地飄動，血盆巨口伸出如刀戟的獠牙和分叉的赤舌，皺紋深刻的鼻子噴出白霧，三隻漆黑眼睛裡光華不斷躍動，似乎正有無數微小的精靈在眼瞳內展開激烈的戰爭。

遍長烏黑長毛的軀體上，寄生著發光的綠色的蚤子，雄健的六條腿以懾人力量急奔，足以把石頭踏碎，每步那四根尖長的獸爪便深深刺入龜裂的土地。長尾有如一條具有獨自意識的靈蛇，在虛空中盤纏舞動。

野獸朝拜諾恩奔跑過來。他想驚叫，但喊不出聲音；他想逃跑，但動不了半寸肌肉。

野獸逼近，不斷變大，最終充塞他眼目所見的一切空間。

牠俯首張開血口，濃烈的臭氣撲鼻而至。

野獸把拜諾恩吞噬。

拜諾恩進入野獸漆黑一片的體內。一切寂靜。

——這就是地獄嗎？

過了許久，仍是沒有盡頭的黑暗和寂靜。拜諾恩在這空無一物的空間中，不知渡過了多久。

他聽到一點聲音。斷續而尖銳，但太遠太細小了，無法辨別是甚麼。

聲音漸大，拜諾恩終於聽出來。

是女人在極度痛苦中發出的叫聲。

然後拜諾恩看見一團光。在光明處，一個全身赤裸的年輕孕婦，坐在地上吃力地分娩，不斷發出痛楚呼叫。

拜諾恩知道，眼前的就是自己的母親。

母親不斷把力量聚集在腹部和下肢，但子宮冒出的盡是鮮血。

拜諾恩能感覺到母親所受的痛楚。那是人類能忍受的極限。拜諾恩無法自抑地哭泣，感覺腦袋在不斷脹大，快要把頭蓋骨也撐破，痛楚依然毫無間斷地襲擊而來……

一陣嬰兒的啼哭。

痛楚消失。拜諾恩的意識回復，卻發覺母親已經消失不見。

此刻的他站在帝國大廈的避雷針尖端上。他俯視下方，整個紐約市就在他底下。

站在一千四百多呎的高空處，拜諾恩感到強烈暈眩。他失去平衡，從針尖墜下。

急勁的風呼呼掠過，拜諾恩失卻了對重力的感覺。他直視地面——繁華的第五大道。

即將抵達地面的瞬間，紐約市憑空消失。

拜諾恩平靜躺在床上。

他伸手觸摸旁邊。慧娜不見了。床單和枕頭上仍留著她的餘溫。

拜諾恩下床站起來，步向睡房門。

門打開來，出現一條沒有盡頭的狹長走廊。拜諾恩看見慧娜細小的背影，在走廊一端的遠處奔逃。

「等我！」拜諾恩吶喊舉步。

他在這條彷彿無止盡的走廊上不斷奔跑，但始終未能接近慧娜的背影。她卻也沒有消失。

終於拜諾恩力竭，他伏在走廊的冰冷地板上痛哭。

「我不想死……給我活著的意義可以嗎？……」

地板驀然溫熱，變成了粗糙的沙土，拜諾恩仰頭，發現走廊已經消失了。

他返回原來那片荒原。

在一棵枯死的大樹下，野獸靜靜佇立，瞧著拜諾恩。

拜諾恩發覺自己不再害怕牠了。

牠朝拜諾恩微笑，然後說：

「我們還會再見……」

牠轉身踱步而去，身影從荒原盡頭消失……

□

空月的拳頭擊中「鈎十字」的心臟部位，卻遇上一層堅硬物事，拳頭無法深深打進去。

軍刀橫揮而過，利刃水平割破空月雙目眼球。

空月慘呼著掩目飛退。

「鈎十字」仍然被空月的拳勁擊得飛開仰倒。他站起來時，握著軍刀的手仍在顫震，可想像空月的秘拳力量甚巨大。

「鈎十字」伸手進襯衣領口，掏出一塊護心鋼板。上面有個清晰的凹陷拳印。

他把鋼板拋去。「吸血鬼不是野獸。我們也懂得保護自己。」

墮入黑暗的空月驚慄地四處走，尋找掉落的武士刀，恐懼令他原本強大的精神力和秘術護持崩解了，之前遭「鈎十字」砍中的肩膊開始在冒血。

「鈎十字」擲出軍刀，命中空月右腳，把腳掌牢牢釘牢在地上。

空月忍著痛，欲把軍刀拔出作武器，但「鈎十字」一秒間已經撲到空月背後，撫摸著那刺滿經文的背項。空月惶恐得全身僵硬了。

「很美。」「鈎十字」指尖刮過文字刺青。「就讓我留念吧。」

他雙手指頭插進空月的兩肩，硬生生把背項整張皮撕下來。

空月的慘嚎迴響於荒野間，劇烈掙扎下腳掌破裂脫離刀刃，身體伏倒了下去，失去皮膚的背項，赤紅肌肉冒出點點血珠，每一陣風吹拂而過，都感覺如遭火灼。

「這聲音，令我回想起參觀過的奧斯威辛〔註〕。」「鈎十字」笑容猙獰如鬼：「那些絕望的叫聲……多麼美妙。」

他舉起手上人皮，《般若心經》在腥風中飄揚。

「那是一段多麼美好的時光……」

「鈎十字」沉緬於回憶中。

空月在地上匍匐摸索。

「我好像也是第一次有機會品嚐東方和尚的血液味道。」「鈎十字」把人皮捲起來，收進皮衣口袋。

空月猛然突然躍起，以咽喉迎向插在地上的軍刀鋒刃，可是卻撲了個空。「鈎十字」早一步已把軍刀拔走。

他放縱地嘲笑，極享受把人的一切玩弄操控在手。

但是下一刻，「鈎十字」的笑聲止住了。他感到不安，回頭掃視。

拜諾恩的屍體不知為何不見了。原本伏屍之處，只餘下膚色無比蒼白的蘇托蘭神父倒臥著。

「鈎十字」聽到身後傳來聲音。

他轉身，甚麼也看不見。

聲音又轉到了左後方。

「鈎十字」這次全速揮刀發出了攻擊。

軍刀只砍中空氣。

聲音又轉到後方。

是哭聲。

「鈎十字」緩緩回身。

他看見了拜諾恩。

喉部創傷已然癒合的拜諾恩，就面對著他站在十幾碼外。

拜諾恩的神貌彷彿完全改變了：臉色比從前更多了一種蒼白，五官的稜角突顯；黑髮比先前長了，在風中飄揚起來，眉毛也變得更濃了，透出一種野性的氣質。雙瞳的褐色也變淺了，好像半透明。

註：奧斯威辛（Auschwitz）位於波蘭境內，是二次大戰時納粹德國建立的最大死亡集中營，至少一百五十萬人（九成爲猶太人）在此遭屠殺。

他在放聲仰天哭泣。就像個初生的嬰孩。大張的嘴巴，露出變尖了的犬齒。

「鈎十字」已經許多年沒有這般驚訝過。

——他怎麼……好像變成了我們？但是又不像……

有個秘密，就連薩格或者空月這些資深獵人都不知道：吸血鬼是不會哭泣的。

——大概因為已經把靈魂出賣給魔鬼吧。

拜諾恩右手裡，握著薩格消滅第一隻吸血鬼所用的那柄廓爾喀彎刀。

哭泣開始平復下來。他憤怒地直視「鈎十字」的眼睛。

「鈎十字」馬上施展他獨到的強大催眠力壓制拜諾恩，卻發現對方眼神也透出相當的能力。「鈎十字」透射出去的意識，感覺就像碰上冰塊。

他回想夏倫曾經說過有關這個男人的事：在漢密爾頓那黑暗大屋裡，夏倫迅速屠殺了所有人，但特別把拜諾恩留到最後，因為夏倫發現這男人的眼睛竟然能捕捉他的動作。他感覺這男人有種近似同類的氣質……

現在「鈎十字」嗅到了拜諾恩所散發的特殊氣味——既像吸血鬼，但又不是完全一樣。

——不對……他肯定不是同類，是人。

——可是剛才那種移動速度；還有他的傷口這麼快癒合……

「鈎十字」突然想起來，很久、很久以前聽過的傳說。

「你是……『達姆拜爾』？」

拜諾恩停止了哭泣。但沒有回答他。

「聽說『達姆拜爾』是我們的天敵。」「鈎十字」的聲音有點乾啞，跟先前很不一樣：「可是我們根本沒必要對抗啊。假如你是『達姆拜爾』，你有一半是我們。你要為誰而戰呢？看看報紙。你被人類唾棄了。跟我一樣，你在他們眼中是怪物啊。」

拜諾恩臉上一怔。

——你這冰冷的怪物……

「不如好好珍惜你那萬中無一的天賦吧。」「鈎十字」的俊秀臉容具有很強說服力：「來當我的同伴。你的能力，可以招集更多擁有強大力量的同類。對了，不如去找查理斯·庫爾登那老頭吧，他這麼渴望永生，就把他變成同夥，控制他的財力和權勢。我們能夠把整個世界掌握在手。有一天，地球將會成為我們任意獵食的樂園，我們不必再活在黑暗裡！」

他朝拜諾恩招招手：「來。這是你最好的出路。你不會反而選擇當一個人類世界的逃亡者吧？」

拜諾恩別過頭。他看見地上那柄金色十字架匕首。上面染著蘇托蘭神父的血。

「我的不幸，都是你們帶來的。母親被害得瘋狂和死亡。我也因為你們而不容於人間。我至今最敬佩的人是薩格。而殺害他的人，也是你。」

他緊握胸前那個薩格送給他的銅十字架。

「我痛恨吸血鬼。我要用你們給我的力量，把你們狙獵殆盡，從大地上完全消失。」

「鈎十字」失望地收回他邀請的手。剛才他那番話並不是緩兵之計，他是真心希望招攬拜諾恩為同伴的——不是像夏倫或者穆奈這些僕人，而是真正的伙伴。雖然才遇上拜諾恩不久，他就是這麼喜歡他。

但越是喜歡，越無法接受不屬於自己。

「太可惜了。你自願放棄了永恆的生命和光明的未來。你再沒有看見日出的機會。」

「鈎十字」解開後腦束帶，一把亮麗金髮飄散，獠牙伸長，微微暴露出唇外。

「就讓我見識一下『達姆拜爾』的力量吧。」

# 第十四章
# 達姆拜爾 vs. 吸血鬼

圓月光華之下，軍刀與彎刀，各自泛出海洋似的淡藍。

夜已深。拜諾恩腕上具有夜光裝置的手錶，顯示時間是：

十月三十一日凌晨三時零七分三十秒——

03:07:31

「鈎十字」的皮大衣袍角飄起，軍刀隱沒在大衣下。

03:07:32

「鈎十字」抵達拜諾恩原本站立的地方。拜諾恩退到五碼外。

03:07:33

「鈎十字」繼續追擊，軍刀仍藏在大衣底下。拜諾恩不斷後退。

03:07:34

軍刀從衣袍底下出現，斬擊八次。拜諾恩擺動身體閃躲。在人類肉眼裡，這迅疾的閃避身影只是一團模糊。

03:07:35

「鈎十字」斬出了第二十刀。拜諾恩繞到左方六碼外。

03:07:36

「鈎十字」加速，拜諾恩無法再退避。在還未完全掌握自己的力量之下，他第一次揮動彎刀。

兩刃交擊出火花。

交鋒中，拜諾恩感受到自己的臂力似乎足以對抗「鈎十字」。「鈎十字」再斬兩刀，都被彎刀擋去。

03:07:37

拜諾恩第一次嘗試攻擊，彎刀揮向「鈎十字」頸項。「鈎十字」輕易避開。

拜諾恩攻擊失敗暴露出空隙，軍刀乘機反刺，刀尖碰到拜諾恩肋骨。

03:07:38

拜諾恩退到十五碼外。

——剛才發生了甚麼事？好快！

「鈎十字」在交戰裡第一次感到驚訝。拜諾恩原本的攻擊又慢又笨拙，但在幾乎被軍刀刺穿的一刻，卻以幾乎連吸血鬼也看不清的速度，從刀尖前消失了，停在遠處。

——這就是「達姆拜爾」？

拜諾恩自己也感到錯愕。他本來以為自己已經敗陣。那瞬間的高速移動，像是無意識的反射，就如碰到熱燙的東西縮手一樣。

他想，如果能夠控制掌握剛才這種速度，必定有勝算。

03:07:39

「鈎十字」左手從腰帶拔出一把短劍。深感不安的他，決定豁出去。

03:07:40

「鈎十字」以雙刃追擊，但仍然無法拉近與拜諾恩的距離。拜諾恩不斷後退。

拜諾恩開始感到乾渴。是力量衰減的先兆。

03:07:41

「鈎十字」俯身，以短劍向挖掘沙土，漫天塵霧。

03:07:42

「鈎十字」高速移動的同時，利用沙霧擾亂拜諾恩視線。

拜諾恩全神貫注，感覺「鈎十字」在霧中的位置，繼續退避。

03:07:43

拜諾恩看不見「鈎十字」，但是憑直覺避開對方的竄動追擊。

03:07:50

雙方在荒野上已經迂迴追逐了超過一百碼。

03:07:51

「鈎十字」在追到拜諾恩五碼前，停止了再揚起沙霧，集中力量加速。

03:07:53

後退中的拜諾恩，右腿陷入沙裡——剛才「鈎十字」挖地時，暗中製造出這個坑洞。

「鈎十字」趁拜諾恩動作窒礙，全速拉近距離。

03:07:54

「鈎十字」雙刃同時迅疾斬擊。

軍刀和短劍交替砍出，「鈎十字」的出手密度等於多了一倍。拜諾恩已經無法看得清。

拜諾恩斷定只能以攻擊代替防禦，彎刀閃動。

03:07:55

「鈎十字」與拜諾恩互相斬中對方——「鈎十字」胸部、腹部、右臂中刀；拜諾恩胸腹被斬破十七處，左臂見骨，右腿給削去一片肉，左耳僅餘少許皮肉連著，下巴洞穿了個窟窿。

03:07:56

拜諾恩再一次發揮出突破界限的速度，身體帶著血尾巴拔昇上十多呎高。

「鈎十字」躍起追擊。

拜諾恩感覺力量繼續衰退。

03:07:57

拜諾恩在空中擲出彎刀，但並非朝向迎面躍過來的「鈎十字」，而是下方正昏迷躺臥的夏倫。彎刀迴轉飛出去。

03:07:58

「鈎十字」為了救心愛的夏倫，在空中硬生生翻轉下沉，追擊飛行中的彎刀。

彎刀以詭速迴旋向夏倫頸項。

03:07:59

正處於頭下腳上狀態的「鈎十字」，準備以軍刀擊開彎刀。

彎刀到達夏倫頸項前僅七呎，迴旋力量依然強勁。

拜諾恩迅速從靴筒拔出他的「護身符」——那柄像樹葉的飛刀。他仍在半空。

03:08:00

0.2 秒：彎刀切中夏倫頸項。

0.25 秒：彎刀完全切斷夏倫頸項。

0.4 秒：「鈎十字」著地。

0.5 秒：拜諾恩在半空中身體後彎拉弓。

0.8 秒：目睹夏倫永遠死亡的一刻，「鈎十字」大受打擊，身法停滯。

0.9 秒：拜諾恩在空中猛力旋轉，右臂朝下劃出弧形。

03:08:01

0.1 秒：拜諾恩的飛刀脫手而出。

0.2 秒：飛刀的運行加速至頂點。

0.3 秒：飛刀接觸「鈎十字」背項。

0.4 秒：飛刀突破「鈎十字」的皮衣、襯衫、皮膚、肌肉，刀尖貫進了心臟約兩公分。

0.7 秒：「鈎十字」失卻力量，伏倒。

03:08:02

拜諾恩著地。

「鈎十字」知道情況很不妙。吸血鬼雖然擁有強大的肉體復原能力，但心臟卻例外，只能如正常人類般緩慢痊癒，若是受到嚴重破壞，更會永久死亡。以現在的傷勢，他也會因為無法維持正常循環而失去力量。血是吸血鬼能量的來源。

拜諾恩一擊得手，憑著氣息的感覺，也判斷出「鈎十字」的力量在退減，可是他自己也再無法再發動攻擊，此刻只是靠僅餘的氣力勉強站著。

以「鈎十字」現時餘下的力量，其實仍然能夠輕易先把眼前的「達姆拜爾」擊殺，才去尋求治療。

拜諾恩硬挺著身體。

「鈎十字」則在苦待逃亡的時機。

這是精神意志的比拚。

最先按捺不住的是「鈎十字」。他身周散發出白色霧氣，迅速擴散開來。

對於拜諾恩而言，這是好運。他其實差一點點就要崩倒。

「鈎十字」的黑影仍隱現在霧團中。

良久氣霧散去，拜諾恩方才舒一口氣。那黑影其實是「鈎十字」遺留在地上的大衣，為了阻延拜諾恩追擊。

拜諾恩跪下來雙手支地。他清楚感覺到身體血液的流失，意識漸漸模糊。

——可能真的會死……

他發現躺在地上一邊的空月，一股強烈的慾望自胸中昇起，蓋過疲弱不堪的意志。

他吃力爬過去。

空月失去了背項皮膚，俯伏於大地，身體寂靜不動。

拜諾恩把空月的軀體翻轉，看著他那仍然完好的頸項。

劇烈的飢渴感侵襲下，拜諾恩仍然忍耐著，伸手探索空月的鼻息。

沒有呼吸。這東密僧人剛才使出了人生最後的秘法，以意志停止心臟跳動，讓自己從極端痛苦和無邊黑暗中解脫。

拜諾恩的心寬慰下來。

——這樣不算是殺人吧……

他把嘴巴湊向空月屍身。利齒刺破了頸動脈。

仍溫的血液源源流入他喉內。拜諾恩感到亢奮和滿足——就像沉入水中許久，忽然能浮上水面再度呼吸。

身上那許多創口開始自行癒合，被削去的肌肉也一點點地重生，左耳緩緩連接起來。

看著自己身上傷口轉眼就合起來，只餘下淺痕與血跡，拜諾恩不禁有些興奮——如此超凡的力量，誰不想擁有？但是隨著意識更清醒，嗅到自己口鼻之間那股血腥，看見眼前和尚的狼藉屍身，對自己的強烈厭惡感不由萌生。

——我……真的成了怪物。

恢復能量後，拜諾恩盡量張開官能感應，防範「鈎十字」再一次來襲。

他因此發覺有人出現在身後遠處。

「誰？」拜諾恩回頭。看見朗遜正怔怔地站在一棵樹下。

朗遜呆呆地瞧著嘴角沾滿鮮血的拜諾恩。

剛才目睹的一切，對他來說好像一場逼真的惡夢。

□

在拜諾恩半威脅下，朗遜協助他架起柴火，把約翰·夏倫的屍身燒掉。

「他就是你要找的凶手。」拜諾恩凝視熊熊烈火吞噬這位搖滾巨星的肉體。「你的案件已經完結了。他死了——不，正確說，他在二十五年前已經死了，只是到了今天才真正安息。」

「他和你……」朗遜遲疑地問：「到底是甚麼？」

「你看見剛才發生的所有事情嗎?」

朗遜點點頭。

「那麼你心裡應該有答案。」

拜諾恩拿起地上的長皮袋,從裡面找出一柄鐵鍬。

「我花了許多時光,才終於知道自己是甚麼。」

他把鐵鍬拋給朗遜。

「來吧。我們還有許多事情要做。」

兩人合力把薩格、蘇托蘭神父和空月和尚的屍體分別埋葬。

拜諾恩找到空月的武士刀,把它插在主人墳上。薩格跟神父的墳墓則插上用樹枝紮成的十字架。

「神父,感謝你在最後把殘餘的生命寄托給我。我承諾,假如有一天我發現自己將要越過那『界線』,在成為徹底邪惡的東西之前,我會先了結自己。」

拜諾恩轉向薩格的墳墓。

「要怎麼說呢?跟你相識的時間太短,但是我永遠不會忘記你——彼得·薩吉塔里奧斯,世上最偉大的吸血鬼獵人。」

他伸手往胸前,握住銅鑄十字架。

拜諾恩走到剛才「鈎十字」消逝之處，撿起那件黑色皮大衣。沾血的飛刀仍遺留在衣上。

拜諾恩拔出飛刀，往靴底抹乾淨血污，收回靴筒裡。

他凝視那件大衣。

「我們還會再見面。」

拜諾恩把大衣穿上，異常地合身。

「這裡還有一條……屍體。」朗遜指向地上。

差點忘記了芝娃。可憐的母貓，為了拯救主人而犧牲性命。

拜諾恩走到芝娃的屍身旁，這時卻發現牠破裂的肚腹中，有東西在蠕動。

拜諾恩把傷口掀開。

一隻渾身黑毛的初生小貓，蜷伏在亡母肚內，四周包圍著牠已死亡六隻兄弟姊妹。牠僅能睜開眼睛一線。

拜諾恩把牠從芝娃腹中捧了出來。他掏出一方手帕，把牠的身體抹乾。

「你跟我一樣，剛出生就失去了母親。」拜諾恩以指頭輕掃小貓的頭頸。「就跟我一起去狩獵吧。」

小貓以微弱的叫聲作答。

拜諾恩想起來，從前慧娜也說過要養貓，而且連名字也想好了。可是直到他們分手了還是沒有實現這回事……

「就把你叫作『波波夫』吧。」

拜諾恩把波波夫收進大衣裡保持溫暖。「忍耐一下。到了市鎮就替你找吃的。」

拜諾恩收拾好皮袋，掛在右肩。夜已到盡頭。東方的遠山後，漸現金黃色曙光，拜諾恩知道是離去的時候。

他最後一次看著朗遜。

「放棄吧。你們再也抓不到我。」

拜諾恩轉身朝著北方步去。

朗遜無言目送拜諾恩的背影，他答不上半句話。他知道，拜諾恩已經不再屬於他所知的世界。

朗遜掏出口袋裡的錄音機，錄音帶記錄了他兩小時前目擊景象的口述。

他按下「回轉」，把帶子翻前一段，再按下「播放」鈕。

「我看見……好像是吸血鬼的東西。」

# 第十五章
## N．拜諾恩之日記 IV

十一月一日

乘列車返抵聖地牙哥，回到薩格的屋子，一邊收拾他的物品，一邊回想這不到一個月內發生的事情。

感覺身體出現了許多奇異變化。例如視力比從前強了許多，能夠看見很遠很小的東西。但同時也有許多不便，首先是要習慣肢體的動作速度和力量，經常要留神，克制至普通人的水平。最辛苦是聽覺，坐在列車上時，感覺好像炸彈不停在耳朵旁爆破，花了好一會才開始學會怎樣控制，收斂聽覺的範圍和敏銳度。

就像突然返回初生嬰兒的狀態。每走一步、每做一件小事，都要重新學習。

找到不少薩格遺下的筆記，全都收進了袋裡帶走。我需要從薩格處學習更多的東西。

這次擊退「鈎十字」純粹靠幸運。假如沒有夏倫在，假如「鈎十字」根本不關心他的存亡，我沒有機會寫這篇日記。

下次再遇上「鈎十字」之前，我必須變得更強。

其他物件一概存放在櫃裡，最後把大門鎖上。離開前，我回首凝視大屋。再見了，彼得。

前路我已經決定了：我要成為吸血鬼獵人，正如昨天的日記裡寫，這是我的宿命。我要追尋吸血鬼的根源。或許到了那時候，我能夠找到令自己恢復為常人的方法。

然而當上吸血鬼獵人，意味著我要面對無數個危險的黑夜。每當受傷或感到力量不足時，那強烈的吸血慾望便會湧現出來誘惑我。說不定終有一天，我真的變成完全的吸血鬼……這就是昨天寫的「比死亡更惡劣的宿命」。

無從逃避。我必須面對真正的自己，在越過那界線前，找到脫離這宿命的希望。

不過在正式踏上獵人之旅前，我還有一件非做不可的事。

見一個人。

# 第十六章
# 死亡與愛

**路透社德薩斯州達拉斯**

**十一月四日電**

庫爾登菸草公司創辦人兼主席查理斯．庫爾登週二晚因病逝世，享年七十一歲。

根據其公司正式公布，庫爾登死於心臟病發。但有不同內部消息人士向通訊社披露，庫爾登之眞正死因乃癌症或愛滋病併發症。此等消息均暫未能證實……

**十一月六日**

**伊利諾州　芝加哥**

風從窗戶捲進臥房，把白紗窗簾吹得飄揚起來。

慧娜在床上蜷曲著嬌小身軀，緊緊抓住被單，卻依然感到寒冷。

又是無眠的晚上。慧娜明澄的眼眸，在黑暗中反射出憂鬱淡光。

——他在哪裡？逃到了陽光明媚的菲律賓，還是躲在紐約某個黑暗的街角？墨西哥？說不定此刻他正獨自啜飲著龍舌蘭酒……

她終於抵不住寒意。把被單緊裹在身，下床步向窗戶。

浪般飄浮的白窗簾，不斷朝她的臉撲來，那癢癢的感覺，令她憶起他的手指。她撥開輕柔的白紗，把玻璃窗關起。

慧娜舒了口氣，搓搓瘦弱的雙肩。

她觀看窗外。月亮缺去一片，像懷著某種遺憾，透過玻璃窗把光華灑落她棕髮上。

她彷彿能夠觸摸月光的質感。

「奇怪的一夜……」她喃喃自語間，覺得似乎正被人從後窺視。

慧娜回身，發現床首的牆上有一條佇立的黑影。

她張開嘴巴。

呼叫之前，一隻冰涼的手掌輕輕按在她唇上。慧娜感覺那手掌冷得仿似是沒有生命的東西。蒼白、修長而有力的手掌，令她呼吸困難，強烈的恐懼湧上腦袋，手足都發麻了。身上的被單滑落，只餘薄如皮膚的睡袍。側面射來的月光，勾出她優美得像貓的曲線。

「慧娜，是我。」

她無法瞧見隱在帽下的臉，卻辨出這熟悉的聲音。

「慧娜，先冷靜下來。相信我，我沒有……」

她平靜地以雙手握著拜諾恩手腕，把那手掌從唇上拉下來。

「我相信你。我太了解你了。」

她輕輕掀去他的帽子，掃撫他長了許多的黑髮。「你終於回來了。」

她仰首把嘴唇湊向他。

親吻中她驚覺，拜諾恩的唇亦如手掌般冰冷。那是一種不自然的溫度。

「你生病了嗎？」慧娜詳細端視舊情人的瘦臉：「不對，你從來不生病的……可是你的樣子變了。有點可怕……」

拜諾恩環抱著慧娜腰肢，卻能夠感覺到她身體的顫抖。他聽得見她加速的心跳，看得見她擴張的瞳孔，嗅得到她分泌腎上腺素產生的體味。

這是恐懼的反應。

拜諾恩臉上毫無表情，心卻在激盪。他全身僵硬著。深愛的女人如此害怕自己，那是一種猶如心被貫穿的感覺。

他知道，是甚麼令慧娜不由自主地產生恐怖感：他身體裡的吸血鬼因子。

「尼克……」慧娜叫著拜諾恩的小名。她的表情保持鎮定，但卻退後了一小步。拜諾恩發現了這舉動，更加感覺心痛。

「到底是怎樣一回事？」

——我能夠怎樣回答呢？

——告訴她，現在才是真正的我嗎？

拜諾恩無法說出半個字。

他掠到窗前。

「告訴我啊，尼克。」慧娜想從後抱住拜諾恩的肩膀，卻被恐懼阻止了。「或許我能夠幫助你。」

拜諾恩背著她苦笑，他打開窗戶。

冷風再次侵佔臥房。慧娜在寒風中哆嗦。

拜諾恩拾起地上原本屬於蘇托蘭神父的帽子，重新戴上，忍耐著想回首的欲望。

他躍起來，蹲在窗框上。黑大衣飄揚，拜諾恩就像一隻棲息在枝椏上的孤獨烏鴉。

「有一天，或許我能夠找到拯救自己的方法。那時候妳不會再害怕我。在那天來臨之前，暫時要跟妳告別了。等待我。」

拜諾恩無聲自窗戶躍下。

慧娜驚呼著奔前，俯視窗外。

拜諾恩的身影，消失在黑暗之中。

某種迅速移動的東西閃入慧娜視界上方。她仰首。

在傳說裡非鳥也非獸的這東西，拍動比身體大好幾倍的尖銳雙翼，飛向月亮。

這是慧娜平生第一次看見蝙蝠。

【吸血鬼獵人日誌】第一部《惡魔斬殺陣》完

# 《惡魔斬殺陣》香港初版後記

自從幾年前看過法蘭西斯・哥普拉執導的電影《吸血殭屍：驚情四百年》（*Bram Stoker's Dracula*，台譯片名《吸血鬼：真愛不死》，一九九二年）之後，吸血鬼成為令我著迷的形象。那真是一部浪漫淒美的作品，充溢我深愛的古典氣息。片中角色對白盡是詩一般的句子。其中我最喜愛的是加利・奧文飾演的卓古拉伯爵，在發現了重生的愛人敏娜（雲露娜・麗達）的照片時所說那句：

**「你相信宿命，為了單單一個心願，它甚至能令時間的力量改變嗎？」（Do you believe in destiny, that even the power of time can be altered for a single purpose?)**

我把這句話改變了一些，寫成了這部《惡魔斬殺陣》的第一句。我很認同諾貝爾文學獎得主賈西亞・馬奎斯的說法：一本小說的第一句至為重要，它象徵了全書的命題，定下整個故事的步調。

我承認自己的創作風格極受電影的影響。畢竟像我這代，都是喝電視和電影的奶水長大。但我同時認為，純粹把影像化作小說文字沒有意義（那不如改行當編劇），因為小說有其特質。把兩種媒體的專長融合運用，是我正在試行的道路。

正如書中所說，吸血鬼或者活死人是個頗具哲學意味的形象：介乎生存與死亡之間的「存在」。相關的傳說古已有之，從古埃及木乃伊，以至中國的湘西行屍，我認為這些都是人類恐懼死亡、渴求長久生命而作出的集體心理投射。

其後，經過作家的種種潤飾，原本恐怖的吸血鬼漸漸變換了一個美麗而神秘的形象：擁有長春不老的容貌、永恆不竭的生命、古代貴族的舉止、超乎常人的異能，還有懾人心魄的魅力。集美貌、永生、高貴、力量和性吸引力於一身，不正是人的共同慾望嗎？

但同時，吸血鬼依靠不斷的殺戮來維持其完美「生命」。這充滿矛盾的「暴力」和「死亡美」，正是吸血鬼令人著迷之處。

自從迷上吸血鬼，自己也漸漸養成了晝伏夜出的生活習慣（說笑的，其實是因為在報館工作的關係），而且熱衷於搜羅有關吸血鬼的資料。本書中有關亞當第一任妻子莉莉絲、「達姆拜爾」的描述，都並非出於我杜撰，而是真有其記載。而透過薩格所述的「倫敦海格特公墓事件」也真有其事——當然現實並沒未證實吸血鬼的存在。

此外描寫吸血鬼的小說和電影也看了不少。布拉姆．史杜卡的經典原著《卓古拉》

就讀了不止一次。《惡魔斬殺陣》裡加插日記和新聞節錄來敘事，就是深受《卓古拉》小說的影響。

書中主角拜諾恩同時以第一身（日記）和第三身敘事觀點出現，交錯推進故事，是一個新嘗試，希望各位讀者喜歡。

剛完成本書後，即驚聞台灣詩人/作家/文學評論家林燿德先生英年早逝，深感錯愕和唏嘘。林先生一直是我崇拜的作家，文章有不少得他的啟發。這樣一位才華橫溢的文學家在盛年猝逝，實在是人間的一大損失。

雖然顯得有點自高身價，我仍誠心謹以本書獻給林燿德先生。

喬靖夫

一九九六年一月

# 《惡魔斬殺陣》台灣初版後記

「這是哪一國的小說？」

在香港的書店裡我不只一次見過，自己的書被放了在「外國小說」的架上。大概因為我喜歡加上英文書名，而筆名也有點容易令人誤會的關係吧？

我至今寫的故事經常以外國作為故事舞台。《吸血鬼獵人日誌》這個系列甚至以外國人為主角。

沒甚麼特別原因，只是喜歡寫一些比較遙遠的東西吧了。有點像人們喜歡到外國旅行的心境。

我也喜歡旅行。

身在異國，被陌生的建築物、路標文字、街頭音樂、食物氣味，還有陌生的人群鬧哄聲包圍。四周的一切與我無關。這令我無時無刻更自覺身在何地……

也比任何時候更清晰感覺得到：

「我正活著。」

我沒到過台灣。我心裡的「台灣印象」——或者更確切來說是「台北印象」——來自林燿德的詩文裡那個後現代的都市。我不知道我的「印象」與現實的差距有多大。

也許這並不重要。閱讀的魅力正在於此：那是每個讀者腦袋裡一次再創作和再建構的過程。我的《百年孤寂》跟你的《百年孤寂》，以至遠在拉丁美洲的賈西亞・馬奎斯心目中的《百年孤寂》，永遠不會一樣。也不必一樣。

今天我的其中一個「兒子」——也就是這本書——代替我到台灣來旅行了。希望台灣的讀者朋友們，都能高興地接受這個身分有點奇特的孩子。

喬靖夫

二〇〇二年五月二十三日

# 吸血鬼獵人
# 日誌
# JOURNAL
# OF THE VAMPIRE
# HUNTER

---

## Book 2
## 冥獸酷殺行
## *Claws of Darkness*

# 序章
# 吸血鬼談

那是一九九八年秋季發生在加拿大溫尼柏市的事。

□

「對不起，占美。」酒保兼老闆麥肯連搖搖頭，木無表情地抹拭玻璃杯：「你的帳單已積到五十元了。回家吧。」

「再給我一杯！」

酒癮發作的占美感覺喉頭癢癢的：「求求你，一杯而已！那五十塊下次領薪水就還你。」他猛搔著亂髮，雪白皮屑撒在黑色櫃台上。

「不行！」麥肯連按捺不住發作了：「你看看！今晚是他媽的萬聖節，這裡卻連鬼魂也沒個！」可憐的老闆指向空蕩蕩的酒吧。

占美回過頭。

只有一個顧客靜靜坐在陰暗角落。

「罷了……」占美搖搖頭：「我在這裡坐坐還行吧？嗅嗅酒香我就滿足了……」

「隨便你。」麥肯連沒好氣地坐在櫃台後，盯著電視播放的職業冰球賽：「你喜歡坐哪裡就哪裡。」

占美掏出香菸點了一根。他又再注意到角落的那個顧客。

「嗨！」占美走過去打招呼：「之前沒在這裡見過你。是遊客嗎？別待太久啊。這裡的冬天，冷得連狗也不吠。」

沒有回答。

占美仔細審視眼前人：二、三十歲的男人，白皙的臉很瘦削，一頭烏黑長髮披散著，全身都裹在黑衣裡。

「就算今夜是萬聖節，也不用穿成這個樣子吧？」占美笑著坐到男人身旁，眼睛盯著桌上只餘半瓶的波本威士忌：「我叫占美。請我喝一杯行嗎？」

男人的淡褐眼睛瞄瞄桌上酒瓶，微微點頭。

「謝啦！」占美飛快抓起酒瓶，旋開了瓶蓋，卻找不著杯。他靈機一動，從口袋掏出一只小小的袋裝酒壺，小心地把威士忌傾進去，期間手指一陣顫震，酒濺到手上。占美放下酒瓶，貪婪地舔著沾了酒的手指，吃吃地笑。

「萬聖節快樂！」占美舉起就壺，輕輕碰一碰桌上的威士忌瓶，就著壺口仰首往喉裡灌。

黑衣男人沒有動一動。

「痛快！」占美伸手抹抹嘴。壺內已全空。這次他甚麼也不再說，便再抓起威士忌瓶。

「朋友，你叫甚麼名字？」占美倒酒時一邊問。

「……尼克。」男人第一次說話。占美聽出好像是美國東岸口音。

「尼克，你想知道一個……秘密嗎？」

男人不置可否。

占美再喝了一口酒，吐出了一陣胃氣後，向尼克神秘地微笑。

「這秘密我從來沒告訴過人，你是第一個……我告訴你：我是吸血鬼。吸血鬼占美。」

黑衣男人尼克首次展露出表情：一種曖昧而複雜的表情，既帶些訝異，也像是譏嘲。

「你是……吸血鬼？」

「對，吸血鬼占美。我有五百四十七歲了……」他再喝一口。「我曾經跟哥倫布見過面呢，嘻嘻……別害怕，你請我喝酒，我不會吸你的血。我只吸女人的……」

「哦？為甚麼？」叫尼克的男人好奇地微笑。

「因為只有女人的鮮血才合我的胃口。處女的血液是天下美味呢，可惜這個時代已很難找處女了……」占美得意地說著。瓶裡的威士忌只餘五分一。

占美放低聲音又說：「聽說最近市裡發生的事情嗎？七個女人被幹掉了，只留下骨頭……那是我幹的！他們抓不到我，因為我根本就不是人類嘛，哈哈！」

男人的蒼白臉頰呈現出似乎是憤怒的紅暈。他抓起威士忌瓶，仰頭把餘下琥珀色的酒喝光。

占美呆呆看著，喉結吞了一下。

——太可惜了……

「吸血鬼占美。」男人放下空酒瓶：「我也有個秘密告訴你。你願意聽的話，我再請你喝一瓶。」

占美連忙頷首。

「波波夫。」男人輕聲叫喚，一團黑色的毛茸茸的東西突然從桌底竄出來，唬得占美往後仰倒。

占美定睛看清，那是一隻純黑的貓，潤澤的體毛泛著詭異光彩。

貓兒波波夫伏在男人膝上。男人伸出修長蒼白的手指，來回掃撫牠頭頂。

「那是……我一個朋友的故事。他在歐洲一個國家誕生。他出生後不久，母親——一個修女——就死了。他從來不知父親是誰。

「這可憐的孤兒——就叫他B吧。B一出生便要進孤兒院。很幸運，B被一對美國夫婦收養了，把他帶回紐約去。不知道甚麼原因，B仍保留著他亡母的姓。

「B的養父是個頗富裕的商人。幸福理應從此降臨這孤兒身上吧？不。自從收養了B後，這商人的生意就交了惡運。三年後——B當時八歲——養父宣告破產，還自殺身亡。

「葬禮上，養母看著異國來的養子——他流著淚，卻沒有發出一點聲音。她害怕了，B的神情嚇到了她。她開始認定，是這個養子帶來丈夫的不祥結局。她漸漸疏遠這孩子。

「B眼見酗酒的養母那副冰冷的表情，他下定決心，再不要把感情表露在臉上。

「養母因為肺癌，在十年後咽下最後一口氣。幸好B已經即將高中畢業。於是他一邊忙著找工作，一邊幻想，將來當個小說作家。」

占美打了個呵欠。這個故事沉悶透頂。但為了那瓶酒，他強裝興致勃勃地聽。

「B的小說家夢想也終於破滅，他不再相信文學。雖然長大後，他還是很習慣把事情用文字記錄下來。後來再回想，那是因為作家並不是B註定要走的路。在他心裡有一頭野獸，不是寫小說就能夠餵飽的⋯⋯

「B當上了警察，繼而又被挑選進入特勤局。他其實並不喜歡自己的工作。他看見世上許多醜惡的面貌，跟任何一個同僚也沒辦法合得來。他愛著一個女人，但她離開了他。她說他是『一隻冰冷的怪物』，她害怕他。

「B後來成立了一間私人保安公司。賺得不少，但B並不感到快樂。他覺得自己的人生沒甚麼特殊意義。

「二十八歲那一年，B第一次遇到靈異經驗。那次經驗改變了他一生。

「在一次特殊任務裡，B被一隻怪物的襲擊。那怪物像人類卻又不是人類，來自冥界卻又不是鬼魂……

「在場所有人全被怪物殘殺。只有B，被一個突然出現的神父救走了。」男人說著時，摸摸掛在胸前的銅鑄十字架。

「等一下，那是怎樣的怪物？」聽到這裡，占美開始生起興趣。

男人似乎有點醉，並沒理會他：「但是B仍被怪物追殺著。神父帶他認識了一個老人——一個畢生專門研究如何狩獵這種怪物的老人。

「老人揭破了B的身世秘密——B的身體裡，其實也有一半怪物血統。B的父親就是這種怪物。怪物與人類的私生子。

「B這時才省悟一切。他明白了自己被人害怕和討厭的原因。他明白何以自己一出生就不太喜歡陽光。他明白母親何以誕下他後就發狂而死。他明白了自己最心愛的女人何以離開自己。一切都因為他體內流著的血液。

「可就在這個絕望、失去了一切的時刻，B找到了自己真正的人生。那是他的宿命。」

「是甚麼？」占美對這個有頭沒尾的故事，有點不滿。

「他要追殺、狩獵這個地球上所有的怪物——那種帶給他一切不幸的怪物。他要成為另一個獵人。」

「哦？」占美失笑：「要怎樣才能消滅那種……怪物？」

男人盯著占美好一會。那銳利的目光，使令占美的腦袋清醒了不少。

「這樣！」男人右臂迅疾地從大衣內掏出一件東西，重重插在桌上。

手掌離開了那「東西」。

占美定睛看清：一根古舊的尖木樁，深深貫進了桌面。

「用這東西把怪物的心臟貫穿，然後——」男人抽起放在椅上一個黑色皮囊打開來，掏出一具濕漉的圓球狀物件。

「——把首級砍下來，燒成灰燼。」

占美驚叫，跌跌撞撞地奔出酒吧。

酒吧回復平靜。

剛才的重擊聲和占美的異常舉動，驚動了老闆麥肯連。他躲在櫃台後，手掌摸著藏在收銀機底下的獵槍。

男人卻不知何時一眨眼就到了櫃台，他一手挽著皮囊，黑貓伏在他的肩上。

「對不起，老闆。看來我喝多了……酒。」

麥肯連聽見大門開關的聲音。

他探頭出櫃台外。男人已經消失，只餘下櫃台上四張十元美鈔。

「他媽的……」麥肯連收起鈔票。他決定打烊了。

收拾店裡時，麥肯連才發現插在桌上那根尖木樁。他摸摸突出桌底的樁尖。

「我的天……」

用一根木樁貫穿堅硬的木桌——簡直是違反物理。但眼前卻是觸摸得到的證據。

「這是甚麼玩意？」

□

酒吧老闆麥肯連交上了好運道。他靈機一觸，重新裝潢酒吧，用那張被木樁貫穿的桌子作噱頭。酒吧改名為「吸血鬼之館」，不久生意便興旺起來。

人人都想來看看那張桌子，聽聽老闆說的恐怖故事。

溫尼柏市的連環凶殺案神秘地結束了，警方沒有抓到任何人，幾個月後案件就被媒體淡忘。

至於占美，從那一夜起竟然戒了酒。

因為他每次嗅到酒的氣味，就會想起那顆血淋淋的頭顱。

## 一九九九年
## 墨西哥

# 第一章

## N．拜諾恩之日記 I

八月十二日

我同情吸血鬼。

誰不懼怕死亡？世上值得留戀的事情實在太多。人也有太多要活下去的理由。

可是我深信：生存不應該建築在死亡之上。誰也無權以別人的死亡，鋪墊自己的生存之道。

因此我憎恨吸血鬼……

□

慶幸這次聖亞奎那之旅，沒有殺死任何人類。

假如我殺人，我將失卻了捕獵吸血鬼的立場；假如我殺人，那麼我跟我所深痛惡絕的吸血鬼，還有甚麼分別？

我絕不願變成像他們那樣。

□

瑚安娜的吉他聲，在我心頭徘徊不去。

他們說：她的吉他哀曲像龍舌蘭酒，同樣教人心脈躍動。

我想到的卻是一潭平靜的湖水。湖中有慧娜的倒影。

瑚安娜消失了蹤影，我知道她不會再回來，聖亞奎那鎮的居民永遠再聽不見她動人的吉他哀曲了。

祝她幸福。

Muchas Felicidades.

# 第二章
# 赤色十字架

**七月二十日**
**墨西哥　聖亞奎那以東五哩**

透過紅外線夜視瞄準鏡所見，寂靜的荒郊公路上一切都蒙上詭異的淡綠色。瞄準鏡中央縱橫兩條照準線，構成一個幼細的赤紅十字架。上面有著棘刺般的精密刻度。

殺手把呼息壓得極輕緩，以穩定手上的奧地利製「斯太爾AUG」步槍。槍上瞄準鏡頭直指公路西端的遠方。

微弱的車聲傳來。

細小的淺綠光點在瞄準鏡內出現，漸漸變大。殺手認出了，正是行刺的目標。

殺手把右眼移離鏡頭。他閉目深呼吸三次，最後再吸氣一次，然後完全閉住氣息，恢復了瞄準的姿勢。

夜間的樹林雖然十分涼快，但殺手握著塑膠槍柄和前端把手的雙掌仍滲滿汗，緊貼著槍托的右肩衣衫也濕了一大片。

殺手忍耐著想大口呼吸的衝動。

步槍隨著轎車的接近而移動。

黑色的六門式長型賓士轎車，亮著燈光在公路上馳近。輪胎輾過沙石，發出炒豆般的聲音。

赤十字中央的交叉點，瞄準著在賓士車首。車燈有點影響殺手的視覺。

食指扳動。

槍管上的榴彈呼嘯飛出。

這種槍口發射式榴彈，準度本來就不太高，殺手的計算出現了微差，榴彈並未直接命中賓士的車首引擎部位，而落在轎車中段的下部。

猛烈的爆炸力把整輛轎車托起半呎。由於急速行駛造成的慣性，賓士向前飛出，車首左角重重撞向路面。撞擊的反作用力再令車身翻覆，暴露出底盤和朝天空轉的輪胎。車頂著地向前方滑行了十幾碼，磨擦出鮮明的火花。

公路兩旁的十二個殺手，一起從樹叢湧出來。兩人向翻轉的轎車補上兩顆榴彈。其他殺手則在奔近同時以輕機槍掃射車身壓制。

防彈車窗裂成密麻麻的蛛網紋，卻還沒有毀碎。

兩顆榴彈前後相隔不足一秒接連爆炸。一個車輪被炸飛到半空。但完全防彈的車身，仍舊沒有半絲裂縫。

左面一名健碩的殺手咒罵了一聲，拋去輕機槍，取下斜掛後背的火箭炮，半蹲在地上作好射擊姿勢。

其他同伴後退避開。

火箭彈轟隆飛出。

轎車隨著爆炸猛地向右彈開。一名殺手差點被車尾擦過，驚嚇得坐倒地上。

爆炸的力量造成轎車側滾，恢復了車輪著地的原狀。輪胎已被燒融，軟軟地黏在柏油路面上。

左側後門被炸脫，拋出一具血肉模糊的屍身。殺手般朝死者補上幾槍。

再一次壓制射擊。

焚燒的車殼內沒有半點反應。

射擊了一輪後，殺手一邊更換彈匣，一邊走近焦黑的賓士。

「不用看了吧？」剛才發射火箭的殺手說。「沒有人能在這種攻擊下生存。」

「要確認『他』是否在車裡。」回話的殺手看來是首領。他率先舉起輕機槍，小心翼翼瞄向車身內部。

「一、二、三……」首領點算車裡屍體，再瞧瞧被拋出的那具屍身。「……只有四個！」

他以槍托掃去車窗四邊的碎玻璃，屏住呼吸探身到車內，再次仔細點算。

他審慎地檢查座椅下方，看看是否藏著他要尋找的第五具屍體。沒有。

上面車頂突然發出聲響。

「甚麼東西……」首領把上半身從車窗抽出來。

他看見車頂上站立了一雙紅色的蛇皮短靴。靴子上釘著的蛇頭標本，呈現生前張牙欲噬的兇狠表情。

他永遠不會忘記那尖利的蛇牙。

**七月二十六日**

**聖亞奎那　阿蘇爾酒吧**

「媽媽……」

瑚安娜赤腳走在酒吧二樓的廊道上。

她無法入睡。腦海裡烙印著「他」的臉。無論哭得如何疲倦，藍色的眼睛仍然無法在睡夢中閉上。

黑暗中她摸到母親房間的門。

「媽媽妳睡了沒有……」她貼近門輕聲地說：「我想跟妳說話……」

沒有回答。房內卻傳來拖動物體的細碎聲音。

「媽媽……」

瑚安娜輕輕扭動門把。沒有上鎖。

她推開門。

房間內的木製百葉窗密合著，裡面比走廊還要黑暗。

藉著門口的稀微光線，瑚安娜看見垂下白紗帳的床上，母親正蜷曲身體熟睡，還發出微微鼾聲。

瑚安娜嘆了口氣，輕輕把門關上。

假如房間裡稍微光亮一些，瑚安娜會看見，遺留在房間地板中央的一灘十字形血漬。

**七月三十日**

**聖亞奎那以西一哩　聖何塞墳場**

一隻壯碩的禿鷹悠然滑降而下，雙爪落在一座新墳的木雕十字架墓標上。

禿鷹收起玄黑翅膀，蹲在墓標的橫條上休息。

牠並不急於覓食，附近的食物十分充裕。牠只是有點不明白，何以近來曝屍荒野的人類特別多。

夕陽觸及西方遠山的稜線。這是個沒有半絲雲霞的奇異黃昏。

陽光把十字架墓標映照成血紅色。

墓標下方地上，有一塊細小而簡陋的石板，上面鏤刻著墳墓主人的名字：

加伯列・馬拉薩諾・艾斯特拉（一九七九——一九九九）

十字架墓標突然震動。

受驚的禿鷹振翅飛起，瞬間化為了赤紅天空中的一個小黑點。

墓標像有了生命般繼續顫抖。

# 第三章
# 手槍與心臟

## 八月一日
## 阿蘇爾酒吧

「我的羊兒啊……」

老頭悲泣著，把龍舌蘭酒傾進細小杯，以顫抖的蒼老手指握著。

「是甚麼怪物，殺死了我可愛的羊？」老頭舉杯，仰首一乾而盡。

「別再喝了，賈西亞老爹。」櫃台後的瑚安娜悄悄收起酒瓶，安慰著老頭。「羊兒還會再生下來，你的身體卻只有一個啊。」

她輕拍賈西亞老爹的掌背。賈西亞抹去眼淚，抬頭凝視瑚安娜。棕色的長鬈髮與湖水般的藍眼睛，稍解他心裡的愁苦。

「瑚安娜，我可愛的瑚安娜……妳今年多大了？這就十幾年啦……」賈西亞雙臂攏在胸前輕輕搖動，像抱著個透明的嬰孩：「我就是這麼抱著哄妳入睡的，回想起來就像昨天的事。我忘不了，第一次看見妳這雙美麗的藍眼睛……」

瑚安娜知道老爹又要長篇大論地說往事，但她體諒地微笑，耐心聆聽賈西亞那些說了不下幾百遍的回憶。

「那時候我就向上帝祈禱，請求祂在這個女孩長大後，賜她一個好丈夫——」賈西亞頓住了。

瑚安娜的微笑消失。泛著健康古銅色的尖細臉龐，蒙上一層陰影。

「對不起瑚安娜，我不是……」

「不打緊，老爹。」

瑚安娜轉身面向擺滿七彩酒瓶的木架，把凝在眼眶的淚水悄悄拭去。

「威士忌！」一把粗啞的男聲自酒吧角落傳來。

滿臉鬍髭的邦薩把佩有馬刺的灰色皮革長靴交叉擱在桌角，右手按住腰側手槍，另一手高舉空空的酒瓶，再次高喊：「威士忌啊，瑚安娜！」

「來了！」瑚安娜俐落地從架上抽出一瓶還未開封的威士忌，打開櫃台摺門。

「接著！」邦薩大笑，趁瑚安娜走近時把空瓶丟向她。瑚安娜空著的左手及時把瓶子接住。

「不要這樣！」瑚安娜生氣地把新酒瓶重重放在木桌。「邦薩，現在才剛過中午，喝醉了怎麼辦？」

邦薩學著瑚安娜嬌柔的語氣：「瑚安娜，現在才剛過中午，為甚麼這麼早開店？」

四周散坐的男人哄笑。

「賈西亞老爹說要喝酒，我才提早開店。你知道他昨晚失去了兩頭羊嗎？」

邦薩把酒瓶的封條撕開：「我知道！最近真的有點邪門。已經是第三宗了吧？肯定是土狼幹的。」

邦薩拔出了瓶塞，就著瓶喝了一口，然後拍拍腰間的槍。「怎麼樣？給我一個吻，我就替妳把狼殺光……」

瑚安娜沒有理會邦薩，轉身返回櫃台。

「說不定是外星人幹的好事！」另一桌客人笑說。

「外星人喜歡吃生羊肉嗎？」邦薩嗤笑，再次舉起酒瓶。

正想喝酒，邦薩發現桌上多了些東西。

一隻渾身黑毛的小貓蹲在桌上，伸出舌頭，舔著桌上殘留的水漬。

「瑚安娜，妳養了貓嗎？」

瑚安娜從櫃台那邊也看見桌上的黑貓，搖搖頭：「不知從哪兒來……」

「真不吉利！呸！滾開！」邦薩伸掌欲打黑貓。

「不要！」瑚安娜呼叫。

酒吧前門被推開，挾帶著熱氣的沙塵滾進來。

邦薩的手停在空中。

酒吧內每個人，都轉頭凝視著走進門來的陌生人。

男人一身沾滿風塵的黑色皮大衣，下身也是黑褲和黑皮靴，肩上掛著個黑色皮囊，頭戴著黑色的紳士帽，頭臉兩側垂著黑長髮，臉上戴著圓形的黑色墨鏡。

黑衣人步向邦薩。

邦薩把雙腿放回地上，緊張地站立來。

瑚安娜瞧著這黑色背影，心中泛起莫名的恐懼。

邦薩右手握著腰間左輪手槍的木柄，瞪視眼前的黑衣人。

兩人對峙了兩、三秒。

「波波夫。」

黑衣人發出清朗的話聲，桌上黑貓應聲躍起，沿著黑衣人手臂爬上他的左肩。

邦薩吁了口氣：「是你的貓嗎？別放任牠亂跑！用繩子縛著牠吧！」

「對不起。」黑衣人摘下帽，以口音不純的西班牙語向邦薩禮貌地致歉。

「你以為說句『對不起』就可以嗎？」邦薩見對方示弱不禁笑起來：「最少也得請我

喝杯酒！」他伸手搭向黑衣人肩頭——

邦薩的手只拍到空氣，腳下輕微踉蹌了一步。

黑衣人不知怎地整個人就向後退了半呎，沒有人看見他的動作。

「小子，你知道這裡是甚麼地方嗎？」邦薩的手再次握住槍柄。整齊排在牛皮腰帶上的子彈閃閃發亮：「滾回邊界那頭吧，美國鬼！聖亞奎那不是你待的地方！」

酒吧四周的客人中，也有五個伸手按著腰上佩槍，隱隱把黑衣人半包圍在中央。

黑衣人仍面對著邦薩。眼睛被墨鏡掩藏，看不見他的視線正瞧往哪方。

酒吧裡的空氣像凝固了。賈西亞老爹悄悄離開椅子，又不敢貿然逃出去，只好蹲在地上。

對於自己那手快速拔槍絕技，邦薩有絕對的自信。他氣焰高漲地盯著黑衣人胸口，那裡掛著一個銅鑄的十字架。

這時，櫃台那頭突然揚起清脆的吉他聲。快速、爽朗的拉丁節奏，劃破了對峙的緊繃氣氛。

瑚安娜交叉兩腿坐在櫃台上，手中抱著老舊的木吉他，尖細的手指飛快地在六條弦線上彈撥。

所有人的視線都轉向瑚安娜。

黑衣人脫下墨鏡，露出一雙淺褐色的眼睛。

吉他聲突然放慢，轉變成悲哀的節奏。弦線的顫音在陳舊酒吧每一角迴盪。

她張開紅潤的嘴唇歌唱：

*La luna me dice una cosa*（月亮告訴我這些）

*Las estrellas me dicen otra*（星星又告訴我那些）

*Y la luz del dia me canta*（晨光卻在對我吟唱）

*Esta triste cancion*（這首悲哀的歌）

邦薩的手放開槍柄，臉上暴戾之氣消失。

賈西亞老爹也坐回椅，欣賞瑚安娜彈唱的優美姿態，不知不覺又再流下淚來。

*Los besos que me diste mi amor*（愛人你給我的吻）

*Son los que me estan matando*（是令我死亡的吻）

*Las lagrimas me estan secando*（我的淚正在枯乾）

*Con mi pistola y mi corazon*（連同我的手槍與心）

黑衣人不禁步近瑚安娜。在他眼中，這墨西哥少女散發出難以言喻的動人光采。

酒吧內的客人無法自已開始隨著歌曲的拍子敲打杯桌。皮靴一起在木板地上踏出節奏。

*Esta noche tan oscura*（夜多麼黑暗）
*Sombras tan tranquilos*（影子多麼寂靜）
*Y el viento me sige cantando*（那股風再次向我吟唱）
*Esta triste cancion*（這首悲哀的歌）

邦薩閉著眼睛，隨著瑚安娜唱起來：

*Porque no se me deja*（因為那不肯離我而去的）
*El dolor que tengo yo*（是那股如此傷害我的痛楚）
*Las lagrimas me estan secando*（我的淚正在枯乾）
*Con mi pistola mi corazon...*（連同我的手槍與心……）

最後一記撥弦迴響不止。

整間酒吧都靜了下來。

「別打架，好嗎？」瑚安娜像抱著情人般攬著木吉他，懇求的眼神投向邦薩。

邦薩整個人軟化了，坐倒椅上，點點頭。

賈西亞帶頭鼓掌。除了黑衣人和邦薩以外，其他人都在熱烈應和。

瑚安娜向四周致謝，謹慎地把木吉他放回櫃台下。

黑衣人把皮囊重重放到椅底，坐在櫃檯前。

瑚安娜站到他對面：「要喝甚麼——」她突然感覺這個神秘男人身上發出一陣微微寒氣：「你生病了嗎？」瑚安娜用英語問。

黑衣人微笑搖頭。他從口袋抽出一條黑布帶，把長髮攏到背後束好，露出了白皙的瘦削臉龐。

「啤酒吧。」

瑚安娜從冰箱抽出瓶裝的本地啤酒，打開蓋子，連同一個裝著清水的淺碗放在黑衣人跟前。

「貓兒大概也渴了。」瑚安娜笑得像太陽般燦爛。聖亞奎那已經許久沒有外國遊客。

黑貓波波夫蹲到櫃台上，安靜地喝碗裡的水。瑚安娜掃撫牠的頭。

「很可愛。『波波夫』？不像是美國名字……」

黑衣人並沒有拿起啤酒瓶。「這是妳的酒吧嗎？」

「我媽媽的——她最近生病了，正在上面休息。」

「生病嗎？」黑衣人漫不經心地說，眼睛卻盯向通往二樓的階梯：「阿蘇爾（Azul），西班牙語是藍色的意思吧？因為妳的眼睛？」

「我媽媽的眼睛也是藍色的。」瑚安娜的笑容很率真，與穿著白紗裙的豐滿身段十分相配。

「我要在這鎮待幾天……附近有沒有旅店？」

瑚安娜搖搖頭：「邦薩剛才說話雖然粗魯，但這裡確實不是遊客待的地方……」瑚安娜的語氣很謹慎：「先生……」

「我叫尼古拉斯．拜諾恩。」

「拜諾恩先生……剛才我沒聽見汽車聲。你是乘公車來的嗎？不如到西面的聖坦那斯鎮吧。那兒有很美的阿茲特克古代遺跡。有一班往那邊的公車，下午三時就開出……」

「上面有沒有空房？」

瑚安娜略怔：「有的……」

「我能暫時住在這裡嗎？」拜諾恩想想，找了個藉口：「我約一位朋友在這鎮裡見面。他這幾天便會來。」

瑚安娜咬著下唇，一邊用毛巾擦拭酒杯，一邊考慮著。她再次打量拜諾恩，又看看波波夫。

「好吧……但你還是盡早離開比較好。我先上去打掃一下。」

「不用打掃了。我這個人很隨便。」拜諾恩從口袋掏出幾張百元美鈔。「這是預付租金。」

「不用這麼多！」

「先收下，餘數待我離開時再退還吧。」拜諾恩這才終於拿起啤酒瓶，淺淺喝了一口。

瑚安娜害羞地收起鈔票。

「妳的吉他和歌聲很美妙。」拜諾恩撫摸著波波夫：「想起來我很久沒有聽音樂了。差點忘記了是甚麼滋味……剛才的曲調很哀傷，歌詞說的是甚麼？」

「這首歌的名字是《手槍與心》……」

酒吧門霍然打開。

「班達迪斯死了！」一名牛仔打扮的漢子喘著氣呼喊。

邦薩站起來。「不可能！那小子……」

「在鎮外！」漢子大叫：「死得很悽慘……你們去看看！」

「酒錢回來再算！」邦薩戴起帽，整理一下腰帶和手槍，這才發現排在腰帶上的子彈少了一顆。

沒時間管這個了，邦薩也不在乎一顆子彈。他飛奔出門口。有三、四個帶槍的男人隨他離開。

拜諾恩仍然靜靜地坐在櫃台前。

一顆細小的東西投進了啤酒瓶。

在金黃色啤酒中緩緩下沉的，是一枚手槍子彈。

**聖亞奎那以西一哩**

**聖何塞墳場附近**

十多人團團包圍屍體，驅走了原本麇集其上的蒼蠅。

「我的天……」邦薩喃喃說：「班達迪斯……是他吧？……」

他小心鑑別著被硬生生扭斷的頭顱：眼球爆破，臉上縱橫交錯著獸爪的傷痕。從鼻子和鬍鬚，邦薩認出確是他的同伴。

其他人都捂著鼻。

「胸腹被破開了……」剛才到酒吧報訊那漢子說：「心臟……好像不見了。是禿鷹吃掉了嗎？」

「看狀況是早上才剛被殺的。」邦薩恨恨地咬牙：「禿鷹沒有時間把他身體撕成這模樣。」

他看看四周環境。屍體躺在荒野中央，八方都如此空曠，班達迪斯不可能被人偷襲。除非是長距離步槍。但屍體上並沒有彈痕。難道是先從遠處射殺，再走近來取走彈頭和破壞痕跡嗎？誰會幹這種無聊事？

看來很像是野獸幹的。但是除了猩猩和熊，哪種動物能把一個高大男人的頭扭斷？而這裡根本不存在這兩種動物。何況班達迪斯的手槍還在。

邦薩瞧向遠方一棵樹。班達迪斯的黑馬仍拴在樹底，正在驚惶地掙扎。沒有人敢走近牠。

——牠看見了甚麼？

「神父來了！」

兩名鎮民帶著聖亞奎那唯一的聖職者席甘多神父到來。瘦小的老神父穿著許多天沒清洗的素黑長袍，手中握著木十字架念珠，蹣跚地走近。

他看見班達迪斯的死狀，目中毫無畏懼。

「神父，請你替可憐的班達迪斯祝福吧。」邦薩說。

席甘多神父搖頭：「我說過，凡是替古鐵雷斯幹壞事的人，我都不會為他祝福。」

他把視線轉向邦薩：「除非你能悔改，否則你死後也是一樣。」

「那倒要看看我倆誰的命長！」邦薩憤怒地想去抓神父，但被其他人阻止了。

「你不用威脅我。」神父把念珠掛回頸項，轉身離去。「除了上帝，我不會聽從任何人。看看班達迪斯的模樣，你們自己想想吧！」

席甘多神父在荒野上走著，看見拜諾恩和瑚安娜正站在遠處那棵大樹前。神父疑惑地走過去。

黑馬仍在瘋狂掙扎，馬蹄揚起沙塵。瑚安娜遠遠站在開外。

拜諾恩卻冷靜地走近牠。

「小心！」瑚安娜擔心地輕呼。

拜諾恩的眼睛凝視黑馬左目。

馬兒突然就安靜下來。拜諾恩溫柔地撫摸牠的鬃毛。

「瑚安娜，妳不要過去到那邊。」席甘多神父到來，把瑚安娜的身體轉過，背對著屍體的方向：「妳不可以看見那種恐怖的東西。」

「神父，聖亞奎那受了甚麼詛咒？死了許多羊。現在又是班達迪斯。還有加伯列……」瑚安娜的眼睛紅了。

神父無法回答，只輕拍著她肩膀。

這時他看見拜諾恩從皮囊中掏出一個黑色的小紙包，謹慎地捏在左手指間。

「這是甚麼？」

拜諾恩沒有回答。他把右掌按在黑馬額頭，閉起眼睛。

「他是美國人，名叫拜諾恩先生。」瑚安娜解釋著，又悄悄在神父耳邊說：「他看來不簡單——但似乎不是古鐵雷斯的人。」

席甘多神父和瑚安娜在旁觀看拜諾恩做甚麼。

拜諾恩仍維持著剛才的動作：左手捏著黑紙包，右手按著馬首。他喃喃說：「你看見了甚麼？那是……看清楚『他』的容貌嗎？」

大約過了一分鐘，拜諾恩才睜開眼睛。

「鎮內有沒有沖洗照片的店？」他問瑚安娜。

「沒有。」她指指身旁的神父：「這位席甘多神父是鎮裡唯一懂得處理照片的人，教堂裡有一間小暗房，鎮裡的人都找他幫忙。不過我們很少拍照。」

拜諾恩恭謹地朝席甘多神父點頭，把手中的黑紙包遞向他：「神父，裡面有一張未曝光的底片。請替我把它洗成照片好嗎？」

神父看見拜諾恩胸前十字架，稍微放下了警戒：「未曝光的底片，為甚麼要沖洗？」

「不，嚴格來說，底片已經拍攝過了。詳情我無法解釋。可以嗎？」

「好吧。」神父收下紙包。為防止強烈的陽光破壞底片，他小心地把紙包收進口袋裡。「明天下午到教堂來吧。」

在班達迪斯的屍身旁，邦薩蹲下來，把死去同伴的頭顱放回頸項位置。他接著從屍身腰間拔出班達迪斯的銀色「史密斯．威爾遜」左輪手槍。「胡安……」邦薩叫著班達迪斯的名字：「不管殺死你的是人類還是甚麼，我發誓，會用你的手槍把那傢伙的心臟射碎！」

# 第四章
# 冥獸襲來

## 八月二日凌晨

拜諾恩坐在能眺視整個聖亞奎那鎮的山丘上，底下就是阿蘇爾酒吧。

聖亞奎那是個縱橫只有十多條街的小鎮，面積不超過五平方哩。東、北、南三面都是荒野，只得西方有幾座疏落的山頭——也就是現在拜諾恩所坐的地方。北方四十哩外就是美國德州邊界。

整個小鎮以教堂及鎮廣場花園為中心，鄰近是連同雜貨店的加油站、郵局、警局和公車站。鎮長桑茲的辦公室就設在警局內——當然拜諾恩很清楚，聖亞奎那實際的統治者並不是桑茲。

拜諾恩遠眺向東面遠方。距離聖亞奎那約兩哩處亮著燈光。一座孤伶伶的巨大莊園。

## 聖亞奎那以東二哩

## 古鐵雷斯之莊園

身穿白色無領襯衫的堅諾．古鐵雷斯坐在二樓陽台上。戴著三枚毒蛇雕刻純銀指環的左手，握住盛有紅酒的水晶杯。

古鐵雷斯俯視陽台下方的泥土地，那裡站著他最信任的保鏢蒙多。

任何人看見蒙多的身型，都會懷疑是不是應該用「人類」這字眼來形容他。蒙多雙肩橫量超過三呎寬，胸背之間的厚度也令人感覺差不了多少。身高六呎六吋，卻由於兩肩僧帽肌過於發達，令頸項彷彿消失了般，常常令人錯覺他的身材比實際高度要矮一些。

蒙多赤裸著上半身，顯露出胸前的巨大聖母像與背項的基督受難像紋身。兩條粗壯的手臂上則刺著鷲翅羽毛的圖案。

蒙多身上沒有半絲創疤。從來沒有任何東西能傷害他。

他以藍色印花頭巾包裹著光禿禿的頭頂，滿佈髯鬚的嘴巴咬著一柄獵刀。

陽台上的古鐵雷斯喝了口酒，然後把水晶杯拋下陽台。隨著清脆的玻璃碎裂聲，沙土把血紅的酒液吸乾。

蒙多對面的木柵打開來。一條黑色雄牛搖動尖銳的雙角奔出。

黑牛跑向左方，繞著弧線衝向蒙多。

蒙多雙手握著齒間的獵刀，無畏地與面前這頭比他的體積還要大一倍的動物對視。在蒙多眼中，黑牛不過是獵物。

陽台上的古鐵雷斯嘆息。他往後躺向椅背，雙腿交叉擱在陽台欄杆上。他穿著最喜愛的紅色蛇皮短靴，靴上釘著形態兇狠的蛇頭標本。

**同時**

**聖亞奎那西方山崗上**

整個聖亞奎那鎮都在酣睡中，除了警察局仍有一點燈光。由於瑚安娜早在中午就開店，今天阿蘇爾酒吧也提早打烊了。整座兩層高的粗糙木樓被黑暗所包圍。

拜諾恩卻以他超人的夜視能力，把鎮內一絲一毫都看得清楚。尼古拉斯．拜諾恩並不是正常人類，而是吸血鬼與人類交合誕下的罕有私生子「達姆拜爾」，擁有探知吸血鬼所在的異常能力，故此成為世上最強的吸血鬼獵人。

正因為擁有一半吸血鬼因子，拜諾恩也具有討厭陽光的習性，故而在晴空萬里的墨西哥酷熱天氣下，他要把自己包裹在黑衣中。

他此刻密切盯視位於山下的阿蘇爾酒吧，回想著日間所見一切。

整座酒吧內充溢著常人無法嗅到的吸血鬼氣味。拜諾恩所要狩獵的魔物，一定就匿藏在內。

他又想起班達迪斯的屍體。那絕不是人類造成的。

但拜諾恩並沒在屍體四周嗅到吸血鬼的餘息。即使那種殘酷的殺法確實酷似是吸血鬼所為。

——真的是野獸嗎？好像確有一股羶味……

——只要照片洗出來，便能找到線索。

突然拜諾恩看見三條黑影從後門潛進阿蘇爾酒吧，全都帶著槍。

——是來找我的嗎？瑚安娜會不會有危險？

這一事態變化，令拜諾恩決定要放棄今夜的狩獵。他站起來同時，伏在身旁石上的波波夫立即躍上他肩膀。

獵物卻就在這時出現。

從阿蘇爾酒吧二樓一個窗戶裡，躍出一條身影，輕飄飄降落在沙地上，不發出一點聲音，然後以超乎人類的速度奔向山岩。

拜諾恩運用他的遠視能力，看清了那身影的樣貌。

若不是從日間的接觸中確定了瑚安娜不是吸血鬼，拜諾恩會判斷這條身影是她。實在太像了。同樣的長鬈髮，同樣的臉形和身材。

這隻女吸血鬼的身分，毫無疑問。

拜諾恩心裡嘆息，想到：瑚安娜將何等痛苦。

但是他沒有選擇。

就在女吸血鬼即將沒入山岩時，阿蘇爾酒吧卻傳來瑚安娜的驚叫。

要救人？還是先完成這次聖亞奎那之旅的目標？

拜諾恩毫無猶疑。

他輕拍波波夫掌爪，揮手指向女吸血鬼的方向。

黑貓立即會意，躍離拜諾恩的肩膀，奔跑追蹤女吸血鬼。

——波波夫並不是尋常的貓，牠出生的奇蹟不亞於主人拜諾恩。波波夫的母親芝娃為了拯救主人，也就是拜諾恩的恩師薩吉塔里奧斯，而被吸血鬼擊至腹破身亡。波波夫的六隻兄弟姊妹都胎死腹中，唯有牠在血泊中存活下來，成為拜諾恩唯一的夥伴。

波波夫繼承了母親的能力，對吸血鬼具有敏銳的感覺。拜諾恩深信牠能不辱使命。

拜諾恩像隻巨大烏鴉，直接從幾十呎高的山岩躍下，乘著登陸時的衝擊力朝前跳出奔跑，幾秒間已到達阿蘇爾酒吧的牆外。

拜諾恩仰首，確定瑚安娜房間窗戶所在。

木百葉窗朝外打開。

裡面發出激烈的打鬥聲。

然後是一陣槍聲。

**同時**

**古鐵雷斯之莊園**

剛斬下來的雄牛頭顱，放置在五芒星圖案祭壇中央，四周點滿了蠟燭，映照出牛目裡殘餘的憤怒。

只穿著黑色胸衣與內褲的莎爾瑪，親吻一下雄牛的額頭，然後伸出手指，從斷頸處沾染牛血，塗抹在自己臉上。

鮮血在她眼瞼上下凝固成古代部族女巫的標記。她伸指進嘴唇裡，舔淨餘下的血液。

興奮得渾身顫抖的莎爾瑪仰首高叫，尖銳如鳥鳴的聲音在地牢密室內迴響。

密室頂部如湧起黑暗波濤，數十隻原本靜靜地倒吊休息的蝙蝠在聲波刺激下亂飛，尖翼急速拍動的聲浪教人戰慄。

莎爾瑪搖動戴在兩腕的銀鈴手鐲，在蝙蝠群之間瘋狂舞蹈。

密室鋼門打開。古鐵雷斯踏著蛇皮靴進內，手捧著一個鑲著綠寶石的精緻盒子。

莎爾瑪的身體靜止。蝙蝠群也像受到某種震懾，乖乖地返回石壁天花板上。

古鐵雷斯展露微笑，把寶石盒子遞給莎爾瑪。

莎爾瑪像奴隸般雙膝跪下，以敬畏的神情謹慎地打開盒蓋。

盒內堆著一座古柯鹼小山。

莎爾瑪再也無法自己，一頭埋進盒中，貪婪地把達到人類致死量多倍的白色粉末吸進氣管。

古鐵雷斯伸手，輕撫莎爾瑪的黑色長髮。

「放鬆一些……我可愛的寶貝……」

他心裡想的卻是另一個女人——一雙藍色的眼睛……

**同時**

**阿蘇爾酒吧**

剛躍入瑚安娜房間窗戶的拜諾恩，還沒來得及觀察房內狀況，一團毛茸茸的東西便以意想不到的詭速朝他撲過來。

——挾帶著野獸的濃烈羶氣。

拜諾恩頭部後仰的動作假若慢了百分一秒，便將失去鼻子。

五隻帶著銳音的指爪掠過他臉龐。一張獸嘴緊接噬來。

拜諾恩仍蹲在窗框上。除了向外躍出，再無退路。

——但瑚安娜仍在房內！

拜諾恩決定賭一賭。

他橫舉左臂迎向那兩排獸齒。右手衣袖猶如魔術師般，滑出一柄飾有十字架雕刻的短劍。

他要在左臂被咬斷前，把這不明的東西擊殺。

朝內彎曲的尖長獸牙刺破了衣衫，咬進拜諾恩左臂肌肉。

拜諾恩的銀短劍斬進濃長獸毛——

那生物的反射神經比拜諾恩想像中更迅捷，劍刃才接觸獸體的剎那，兩隻巨爪就把拜諾恩的右腕牢牢擒住，短劍無法再劃進半分。

——敗了。

拜諾恩此刻有了死的覺悟。

左臂肌肉被獸牙撕裂。

拜諾恩很不甘心。連對方的正體還沒確定，就被徹底擊敗，「達姆拜爾」的能力原來也不過如此。

獸齒放開了他軟弱無力的手臂，這次瞄準著咽喉噬來。

拜諾恩沒有再想吸血鬼，也沒有再思索眼前的怪物是甚麼。

在這短暫的瞬間，他只想著慧娜。

無法控制的回憶在他腦海高速閃現，都是過去關於慧娜的瑣事：她喜歡在芝加哥的夏天，躺在屋頂上邊曬太陽邊讀詩；她不喜歡他只打黑色的領帶；生氣時她會把兩邊眉頭皺得幾乎連結在一起；鞋帶總是結不緊，走路時常常鬆掉；只愛吃單面煎的雞蛋——他弄的時候卻總是不小心把蛋黃弄破……

拜諾恩此刻只感到，這些瑣事全部都無比重要。他痛悔過去所浪費的許多時光……

他眼前所見，就只剩下怪物的一雙紅色眼睛。

**同時**

**古鐵雷斯之莊園**

莎爾瑪把挖空了的雄牛頭顱，像假面般套上，大字形仰躺在祭壇。她的身體不斷蠕動。燭火把她的皮膚灼焦了，但燒傷處不久又癒合。

全身赤裸的古鐵雷斯伏在她身上，以高速動作瘋狂地衝擊她陰部。

莎爾瑪的呻吟聲悶在牛頭中。

古鐵雷斯近距離凝視無生機的牛眼。他做愛時木無表情。

「啊……」莎爾瑪十隻尖長的指甲，嵌進古鐵雷斯蒼白的背項。「我知道你在想著誰……我會殺死她！啊……」

古鐵雷斯腰臀的動作霍然停止。

他雙手伸向莎爾瑪豐滿姣好的胸脯，手指像刀刃般插進她左胸肌肉，再往兩邊掰開。

血花激噴古鐵雷斯滿臉。

莎爾瑪全身僵硬靜止，第一次感到害怕。

她的心臟暴露於空氣中，在肋骨底下急促跳動。

古鐵雷斯俯首，把舌頭伸進肋骨空隙間，輕舔莎爾瑪的心臟。

**同時**

**聖亞奎那西側山區**

黑貓波波夫無聲地在岩隙間跳躍奔跑，追蹤女吸血鬼所在。

女吸血鬼進入了樹林。

波波夫雙目瞳孔擴張，伏在岩石旁眺視黑暗林內。

牠嗅到女吸血鬼的氣息仍在，但已停止了活動。

波波夫那小小腦袋，當然無法想像女吸血鬼正在樹林內幹甚麼。

一道非視覺的電光，在牠心靈中閃過。

牠感應到主人正面臨極大的危機，全身黑毛不禁倒豎。

**同時**

**阿蘇爾酒吧**

「停下來！」

瑚安娜呼號。

獸牙停頓的地方，距拜諾恩咽喉前僅半吋。拜諾恩只要稍一大力呼氣，頸項皮膚便接觸到溫暖濕潤的牙尖。

「加伯列……不要傷害他！」瑚安娜斷續地嗚咽著說。

拜諾恩感覺怪物抓住他右腕的雙爪，發出一陣劇烈顫動，繼而受到一股猛烈的衝擊。

那毛茸茸的獸軀撞上拜諾恩胸前，把他擊出窗戶。

身在空中的拜諾恩後仰跌下時，朝天看見怪物的身影自上方躍去無蹤。

即將昏厥的拜諾恩掌握著最後的意識，像貓般在半空翻轉，及時以雙足著陸。

然而雙膝已失去了支撐的力量。拜諾恩無法保持平衡，只能本能般保護著血淋淋的左臂，身體向右傾側崩倒。

臉頰重重撞在地面，揚起一股微小的沙暴。他陷入了昏迷。

# 第五章
# N．拜諾恩之日記 II

八月三日

今早醒來時，首先聽見的是瑚安娜的吉他聲。

跟昨天同樣的曲調。從那弦線間聽出來，她的心情仍是透著沉重的哀傷。

我嘗試握緊左拳，差不多用了半分鐘。手臂的傷比想像中嚴重。然而並沒有感到很痛楚，吸血鬼是沒有痛覺的，我自從開啟了身體裡一半的吸血鬼因子後，出現了許多變化，包括繼承了這個「好處」。

——不知道再過幾年，我的其他感官是否也會逐漸失去？

瑚安娜進來替我換藥，正巧看見我在皮囊裡翻尋東西。我把原本已經找到手的血袋，暗暗放回裡面。

換好藥後，她好奇地檢視昨天替我脫下的大衣。她當然很驚訝。哪種人會在衣服裡藏著這麼多利刃？

她拿著那柄刻紋著惡鬼臉孔的鈎鐮刀——是我在加拿大獵殺吸血鬼凱達後從他手上奪取的那柄——問我帶著這些東西是要幹甚麼。我無法回答。

假若我是她，一定懷疑眼前這男人是變態殺人狂。

我問她昨夜的事情，得知潛入酒吧的三個男人都死了——死狀跟班達迪斯很像。屍體已被警察抬走了。

「妳看見他們被殺的情形嗎？」我問。

她搖搖頭。當然我倆都知道是誰殺死了那三個人。

瑚安娜沉默許久，才開始說起她昨晚看見那隻怪物的情形：

「牠滿身鮮血地走過來，渾身都長著毛。但身體卻像人類——牠是用兩隻腳站立的。我縮在床上只懂大叫。牠卻一直走過來，好像要對我說話，嘴裡卻只能夠發出沒有意義的聲音。那時我只知道，牠沒有傷害我的意思。然後你就在窗前出現了……」

她說感謝我救了她的性命。我回答：是她救了我。

我問誰是加伯列。

她帶點驚訝地看著我。於是我向她複述她昨夜說過的話。

她說，記不起自己曾經叫過加伯列的名字。

「加伯列死了。是我的未婚夫……上個月二十一日，在鎮外的牧場去世……一群公路強盜晚上闖進去，把瑪莉亞——加伯列的姊姊——和他殺了。可惡的強盜……」瑚安娜哭著說。

她告訴我：聽說強盜在加伯列面前輪姦了瑪莉亞，然後才用刀子慢慢殺死他倆……這種事情，野獸也不會做。

可是人類會。

「警察沒有追查到凶手嗎？」我問。

「這裡是聖亞奎那啊。」她說：「警察是沒有用的……我們這裡真正的鎮長和警察局長，等於就是古鐵雷斯。」

她又說，昨夜死的三個男人，都有幫古鐵雷斯做事。

他們來阿蘇爾酒吧是為了甚麼？找我？還是瑚安娜？

那隻怪物是否為了保護瑚安娜而把三人殺死？

牠到底是甚麼？

我問瑚安娜：妳相信牠是加伯列嗎？

「你是說……加伯列變成了狼男？」瑚安娜畢竟是墨西哥鄉間的人，對於這些古老傳說並不陌生。

我從沒見過狼男，沒有所謂相不相信。

但是兩年前的我，同樣也不會相信世上真的有吸血鬼。如今我卻成為了吸血鬼獵人。

我從床上起來，告訴她我要去找席甘多神父。相片應該已經洗好了。

「小心。」她提醒我：「警長原本想找你問話。我告訴他們你受了傷，他們才暫時離開。桑茲鎮長一定會下令你離去。」

我穿回大衣時發現，左袖上撕裂的破口已經縫合了。真是個體貼的女孩。這件大衣對我很有紀念價值。

瑚安娜把鈎鐮刀交還給我時問：「你不會就這樣離開吧？我知道你是懷著特別目的而來的。」

看著那雙美麗的藍眼睛，我閱讀到她腦裡的思想：

「我現在唯一能夠相信的人，只有席甘多神父、媽媽跟你……」

我討厭這種讀心能力，於是拚命壓制著。

我問起瑚安娜的母親。

瑚安娜的臉頓時漲紅。

「她大概……到了古鐵雷斯的莊園……」

我這才知道珊翠絲——瑚安娜母親的名字——是古鐵雷斯在鎮裡的情婦之一。

但我確知她並不在東面那座莊園裡。

因為我感應到波波夫所在。

□

教堂內擠滿了鎮民。也許近幾天的死亡事件——不論是人還是動物——太多了，不安的氣氛把他們聚集過來上帝跟前。

坐在那幾排木椅上的人，全都轉過頭來看著我，眼神裡充滿對陌生者的戒心。我回想起薩格的話：吸血鬼獵人是不受歡迎的異端者，遇上的困難往往不只狩獵本身，還有周遭人類的阻撓。

鎮長桑茲也在當中。他的身材雖然肥胖，迎面向我走過來時卻動作俐落。

他勒令我立刻離開聖亞奎那。

我直視著他時，曾經想過直接用催眠改變他的心意——雖然我不喜歡濫用這作法。這兩年我都是在必要時才運用它，例如通過各種關卡檢查。

席甘多神父替我解了困，桑茲顯然對神父很敬畏。神父接待我到教堂後面的休息室，桑茲只好不了了之，有點慍怒地躲回人群裡。

神父看見我掛在胸前的受傷手臂並沒有很驚訝，他早已得知昨夜發生的事。

我戴著的十字架項鍊也許令他誤會我是信徒吧。他不知道，它背後埋藏的是薩格狩獵吸血鬼的往事。

面對著瘦小的席甘多神父，那感覺像在告解，令我幾乎有衝動把所知的一切告訴他。不行。他是沒法接受「吸血鬼世界」的存在的。更何況是狼男？

他把洗好的照片遞給我：「我不知道你是怎樣照下來的……牠是甚麼？」

照片中我第一次清楚看見牠的模樣——就如瑚安娜所說，既像人類，也像野獸。班達迪斯肯定就是被牠殺死。我把馬兒腦內的視像記憶，用「念光」方式紀錄在底片上。

我在去年發現了自己有這種能力，這是真正第一次在狩獵裡使用。最初我在書上讀到有這種「意識攝影」的超能存在，最著名是美國芝加哥男子泰德·西利歐，有趣的是他是個老菸槍兼酒精中毒的飯店職員，在一九四六至一九六五年間做過數百次示範證明這能力。據說他甚至能在「意念照片」裡，把原有建築物的招牌文字改變。

我不知道西利歐是不是騙子，但好奇下也就買底片去嘗試，發現自己竟然也有這種能力。我再進而做了十幾次測試，看看這異能的界限去到哪裡，於是再開發出閱讀他人以至動物的記憶，並傳遞為「念光」即時寫上底片。這對於調查獵物當然很有用——現場的所有人和動物眼睛，就等於成為了我的監控紀錄鏡頭。

我看著手上那張照片。畢竟是透過馬眼去看，再把記憶間接傳遞，圖像不算很清晰，但已經足夠辨認這頭異獸的模樣：頭顱形狀是人，雙耳卻十分尖長，臉上長滿長毛，嘴部像狼犬般向前突出，暴露出與吸血鬼相似的獠牙。

這種「念光拍攝」有個缺點是很難傳遞顏色，出來的影像接近黑白，因此無法確定牠眼睛的顏色。

但是我昨晚已經見過了。

紅色的雙瞳，燃燒著熊熊的仇恨火焰。

我問席甘多神父有關加伯列的事。

「加伯列．馬拉薩諾．艾斯特拉……一個好青年。」

神父以他不太熟練的英語，一字一字地說。

「他是方圓幾十哩內最好的牧人，跟動物十分親近。他們說他就像能夠跟馬兒交談。」

加伯列的父親原本是美國的墨西哥移民，大約二十年前在德州犯了事（聽聞是殺人罪），帶著大女兒瑪莉亞和妻子越境逃回來，躲到小小的聖亞奎那定居。加伯列不久後在這裡出生，母親因難產而死。

——跟我出生的遭遇幾乎一樣。

加伯列的爸爸大約十年前去世，把牧場遺給子女。

我再追問有關加伯列死亡的事。神父以奇怪的眼神看看我，再繼續描述。內容跟瑚安娜說的差不多，但席甘多神父所知的虐殺情形更詳細，只因他在主持葬禮時曾經暗中察看過屍首：

瑪莉亞的下體幾乎被刀砍刺得稀爛，兩邊乳頭被燒焦了，背部被劃下一個五芒星的傷疤。仵工雖然不是法醫，但他曾告訴神父，以他經驗看，瑪莉亞是在最後被砍下頭顱時才斷氣的……

加伯列所受的折磨也不在姊姊之下。手腿所有關節，包括十隻手指都被硬生生折斷了；陽具和舌頭都給割了下來，仵工花了不少工夫才重新縫回屍身上。他全身幾乎只得眼睛仍然完好，估計凶手是為了強迫他「觀賞」姊姊被凌虐的情景……

「這是不可原諒的惡行！」

神父的說話，令我再次回想異獸的眼神。

——假如我是當時仍未嚥氣的加伯列，我腦裡唯一的念頭會是甚麼？

說和聽了這麼殘酷的事情，我跟神父沉默下好一段時間，靜靜地喝著咖啡。

神父忽然問我：「你來這裡是為了尋找甚麼？」

他似乎有點看透了我。但我沒有直接回答他。

「你還是快離去吧，否則難免把古鐵雷斯招引到來。誰也無法對抗他。」

我問古鐵雷斯是怎樣的人？

「毒梟。但也是聖亞奎那許多人心裡的英雄。他是在這座教堂長大的。」

堅諾．古鐵雷斯是聖亞奎那土生土長的孩子，兩歲時父母便被強盜殺害——那時邊境公路的攔路劫殺比今天多得多，也是當時這一帶佔最多的罪行，整個聖亞奎那鎮的民眾，每天都活在那陰影裡。

席甘多神父收留了這可憐的孤兒，希望在宗教薰陶下，把他培養成聖職的繼承者。然而古鐵雷斯漸漸長大後，神父就知道這個男孩絕不會安分。暴力，在兩歲時已在他心裡生了根。

十五歲的古鐵雷斯一個人離開去了南方——後來神父得知，他輾轉流浪到了哥倫比亞。

大概十年後，古鐵雷斯帶著一個叫莎爾瑪的女人，還有叫蒙多和奧武利薩的兩個部下，回到了聖亞奎那。他馬上做了三件事：把一整袋鈔票分派給聖亞奎那鎮民；殺死鄰近三名毒梟；在鎮外東部建起那座莊園。他成為獨佔這一帶路線的古柯鹼販運者，與哥倫比亞的毒販集團有直接連繫。

「整個鎮裡那些不安份的男人，都變成替他工作。許多農田和牧場只餘下女人和老人。大多如今都荒廢了。」

附近邊界上有幾個毒梟，有好幾次都想殺死新冒起的古鐵雷斯，把這條路線搶走。

只有一次他們幾乎成功——那是大概半年前，古鐵雷斯胸腹中了三顆子彈。他竟然奇蹟般活了過來。

「真是難以置信……那夜他已經到了地獄邊緣，第二天卻生氣勃勃地騎馬，繞著全鎮跑好幾圈。很多人說他把靈魂出賣了給魔鬼……」

他們的猜想，距離事實並不遠。

「那些刺殺他的敵人呢？」

「幾天之後，在一夜之間失蹤——聽說是這樣。或許是因為太害怕而逃掉了？總之到現在都沒再聽到消息。」

我再追問神父：古鐵雷斯快要死的時候，那幾天裡有沒有甚麼奇怪的陌生人到過聖亞奎那？

「像我這樣的。」

神父搖搖頭，說記不起來了。那幾天全鎮陷入一片恐慌。古鐵雷斯將死的消息，對鎮民來說有如世界末日。

之後古鐵雷斯開始與餘下的其他毒梟談判，計劃組成像哥倫比亞毒販集團般共同管治的「卡特爾」（cartel），不過近月來似乎又因為爭奪領導權問題再次燃起戰火。

上個月古鐵雷斯的防彈轎車遇襲，死了四個部下，他自己卻又再次生存了下來。第二天一大批殺手橫屍荒野。

我問神父：古鐵雷斯回來之後，有沒有跟他談過話？

「兩次。第一次他想花一大筆錢修葺教堂，被我拒絕了；第二次是他幾乎死掉之後不久。他好像改變了許多——我看見他瞧著基督像時的眼神很奇怪……他興奮地告訴我，他正在組織『卡特爾』的計劃。他說有一天，他要把聖亞奎那建設成邊界上最繁盛的城市。」

「他還有沒有甚麼奇怪的特徵？」

神父再次疑惑地打量我。

「我感覺到，他比剛剛回來的時候，帶著更濃的邪惡氣質——勉強要形容的話，我覺得他已經變得有點不屬於俗世的人……」

□

回到酒吧時，瑚安娜正在熟睡。她已累了一整天。

再次檢視左臂的傷口。復元的速度比想像緩慢。那狼男的力量實在可怕。

——再次遇上牠的話，我有能力對抗嗎？

再次從皮囊裡找出那個用保溫盒子裝著、注滿人類血液的密封膠袋。看了一會後，最後還是放回去。

雖然血已經不新鮮，但我知道只要喝了它，手臂會立即痊癒。身體機能說不定還會進一步提升。

但我不能冒這個險。我要在這頁裡再寫一次告誡自己：血喝得越多，意味著我越接近變成吸血鬼！

# 第六章
# 酷殺者之墓標

## 八月四日凌晨
## 聖亞奎那以南五哩

即將滿月之夜。開朗深邃的星空下，荒野特別顯出它淒涼孤獨的美。這種美，曾經有墨西哥詩人形容是「有如被情人拋棄的美女，那種既依依不捨、又透著怨恨的可憐表情」。

在月光勾勒下，荒野上一株仙人掌的形狀，正像那婀娜多姿卻也渾身帶刺的美女。仙人掌近頂部嵌著兩枚銀幣，反映出淡藍光華，就如一雙眼睛；左右兩根支幹，則像欲與情人最後擁抱的手臂。

狼男伸出滿佈長毛的指爪，撫摸仙人掌的「臉」，不住發出酷似人類語言卻又無法辨別意義的低嚎。赤紅眼睛汩汩流出淚水。

牠再無法忍受，四肢緊緊擁抱著仙人掌。針葉埋進牠的長毛內。

狼臉瘋狂地廝磨著仙人掌表面，針葉上遺下一叢獸毛。

牠凝視著那兩枚代替情人眼睛的銀幣，卻只看見冷硬的金屬，並沒有回視牠。
牠知道，自己所失去的，永遠也無法尋回。
狼男仰首憤怒嗥叫。
仙人掌在牠擁抱下粉碎。

**同時**
**聖亞奎那那西側山區**

波波夫已隱伏在樹林一整天，仍在等待著主人到來。
女吸血鬼珊翠絲就在離牠三十碼外的地方，正在盡情撫弄一名被綑綁樹下的赤裸少年。
少年已瘦弱蒼白得不像活人，胸部呼吸起伏劇烈。頸動脈上有剛結痂不久的噬疤，四周的皮膚像浸水太久般皺縮。
「放了我……」少年斷續地哀求。
珊翠絲邪笑著，獠牙暴露出上唇。她撥弄著少年下體，他已經沒有足夠的血液和精力勃起。
「才不會放過你……」珊翠絲走到對面另一棵樹下。

樹根處擺著一堆東西，以污穢的床單蓋著。

珊翠絲尖長的手指掀起床單。

一座由骷髏頭骨砌成的金字塔，最底層由十具拼成三角狀，色澤已變成全灰；第二層有六具，部分仍連著髮絲；第三層的三具，仍附著已腐壞的耳朵和眼球。

「現在只欠最頂的一個。」珊翠絲捧著少年的臉，吻吻他額頭。

少年竭盡最後氣力驚叫。

「叫吧。」珊翠絲笑著：「我喜歡恐懼的血液那味道。」

這慘叫令波波夫顫震，踢動了腳下一顆小石。

微細的聲音並沒有逃過吸血鬼異常的聽覺。

「誰？」珊翠絲轉頭呼喝，雙手因緊張而發力，瞬間就把少年的頸項扭斷。

波波夫悚然奔跑，逃出了樹林。

牠略一回頭。

珊翠絲已近在眼前！

女吸血鬼的蒼白手掌，抓住了波波夫的背項，指甲沒入牠黑色的長毛——

——一條銀線劃過她手腕。

斷腕跌落。波波夫脫險躍開。

珊翠絲迅速拾回斷腕，帶著一股血尾巴飛退到十碼外。站定時，斷腕已重新接合。她嘗試動動五根指頭，但機能還未恢復。

然後她就看見月光下的敵人。

拜諾恩的左臂依舊吊掛在胸前，右手握著雕刻著惡鬼的鈎鐮刀，刀柄末端連接一條細長鋼鍊。

波波夫喜悅地躍回主人腳下。

「辛苦你了。」拜諾恩垂首微笑。

「你是誰？」珊翠絲咆吼。

拜諾恩沒有回答她。他盡量避免跟「獵物」交談——沒必要仍然視吸血鬼為人。

拜諾恩抛起鈎鐮刀，握住十多呎長的鋼鍊在頭上旋轉揮動，發出令人戰慄的破風聲。

珊翠絲高速往拜諾恩奔近。

鈎鐮刀循弧線軌跡自右至左飛出，斜斬向珊翠絲頸項。

女吸血鬼躍起六、七呎高，閃過那鋒銳的彎刃。

鈎鐮刀越過她腳底，深深砍入沙土。鋼鍊拉直成一線。

珊翠絲輕飄飄地以足尖降落在鍊索上，沿著它再次衝向拜諾恩。

拜諾恩右腕巧妙地抖動。

鍊索中段化成圈狀，套住女吸血鬼的左踝。

憑著驚人的反應速度，珊翠絲保持著身體平衡，雙足著地。她雙腿大張把重心降下，以防被拜諾恩的鍊索拉倒。

「你的力量也不過如此！」珊翠絲見拜諾恩拉不動自己，露出狂野的笑容。

拜諾恩右臂再次抖動——這次卻發出極強烈的瞬發力。

鍊索圈切入了女吸血鬼足踝肌肉。

足肌斷裂，令珊翠絲無法再控制腳掌，身體不由自主朝後仰倒。

拜諾恩向前方飛起，張開的黑色大衣有如蝠翼。

右臂袖口滑出雕刻了基督受難像的銀短劍。

珊翠絲以雙臂和一條腿的力量彈起來，可是鋼鍊仍深深套著她已露出白骨的左踝，而鍊索另一端的鈎鐮刀刃則緊釘在地上。

她有如一隻無法脫離絲線的風箏，在半空中掙扎。

拜諾恩的短劍瞄準珊翠絲心臟擲出，疾激如子彈。

珊翠絲發出尖銳怒吼，身體高速自轉，鍊索隨著她的猛烈拉扯收緊，像電鋸般割進踝骨，剎那間就把骨頭切斷。脫離束縛的珊翠絲翻身險險閃過短劍的攻擊。

她單足著地，又馬上再次跳起來。

拜諾恩右手伸進大衣內。

珊翠絲單腳彈跳著，三步就竄到樹林。

拜諾恩右掌指間挾著四把長釘。他的身體高速旋轉。

珊翠絲的背影即將消失在樹林裡。

拜諾恩的手臂急激揮出。

四條銀線迅疾射入樹林裡。

下一刻，無聲無息。

波波夫卻已看出戰鬥完結。牠疲倦地躍上主人肩頭，蜷伏在那裡休息。

拜諾恩蹲下，拔出釘在地上的鈎鐮刀，並且用沙土把沾在鋼鍊上的血擦去。

拜諾恩好整以暇地捲好鍊索，才提著鈎鐮刀，慢慢地踏著皮靴步入樹林。

珊翠絲的胸口緊貼著一棵樹，雙肩和兩膝被長釘深深固定在樹上。她像條蟲般掙扎著，肚皮頻密地與樹身撞擊，卻始終無法掙脫。

拜諾恩以憐憫的眼神，瞧著珊翠絲不斷舞動的棕髮。

他舉起鈎鐮刀。

「等等！」珊翠絲的頭頸突然一百八十度旋轉，正對著拜諾恩。這詭異動作令他悚然。

「不要殺我……放了我，我就給你永恆的生命！你不想要嗎？」

拜諾恩瞧著她藍色的眼睛。

——瑚安娜……

「是永生啊！不是聖經說那種死後才有的……是現在就立即得到！你不要嗎？」

「安息。」

鈎鐮刀橫斬而出。

**同時**

**聖亞奎那鎮內**

貝貢索吸入兩行古柯鹼後，脫去皮外套，大字形躺在床上。

他的房間有如迪斯可舞廳，天花板垂吊著的銀球緩緩旋轉，把七彩反射的光點投在四面牆壁上。昂貴的音響組合揚聲器，流出占美·韓特里斯（Jimi Hendrix）如夢似幻的吉他聲。

貝貢索仰視著銀球發出的旋轉光華，感覺自己開始漂流在意識的海洋裡。

古鐵雷斯一向嚴禁部下吸毒，但貝貢索實在無法忍受。他無法揮去腦海裡班達迪斯的慘死狀。

貝貢索向上伸出兩臂，試圖抓住浮游的亮光。手指隨著吉他節奏而動。性慾開始上升。他從床上爬起來，看著貼在床頭的超級名模辛蒂・克勞馥（Cindy Crawford）海報。他貼著那真人大的海報，伸出舌尖舔舔上面辛蒂的臉。

「唔……」貝貢索發出呻吟，心急地解開腰帶和褲襠拉鍊……

後面傳來闖入者的異聲，毒品令貝貢索的神經異常敏感。他拉起褲，從枕頭底下抽出大口徑的銀色「沙漠之鷹」手槍，轉身指向窗前。

貝貢索頓時呆住。他懷疑目中所見，是否古柯鹼造成的幻象。

月光清朗的窗前，蹲著一隻他前所未見的異獸，依稀可見像人類的頭顱，兩側長著一對又長又尖的大耳朵，紅色眼睛令貝貢索的血液為之凍結。

月光勾勒出異獸猶如猿猴般的身影。牠從獠牙間發出沙啞低鳴，似乎像人類的語言。

「你是甚麼？」貝貢索握槍的手在顫抖。

異獸舉起五指尖長如刃的手爪。

貝貢索馬上想起班達迪斯的淒慘屍身。

他怒吼，用力扣動扳機。

異獸迅疾撲前。

「沙漠之鷹」手槍足以用「小鋼砲」形容，強力的大口徑子彈沒入異獸腹部，卻並未如貝貢索預想般把牠身體貫穿，而是像投進了湖水的小石，沉沉地沒於長毛裡。

異獸被槍彈衝擊，身體朝後重重摔在地板。

貝貢索再發兩槍，一彈失準打在異獸前方，另一彈命中牠右胸，炸出一蓬獸毛。

異獸發出慘嚎。貝貢索知道已經傷著這怪物，心神略定，這次雙手握槍，瞄準著異獸的額頭。

異獸伸出右手，那毛茸茸的手臂，突然像橡膠般向前迅速延伸成七呎長！

貝貢索扣下扳機——

獸爪托起了貝貢索雙腕。子彈把天花板上的銀球打碎。

驟來的黑暗，令貝貢索短暫失卻視力，卻仍能看見一雙發光的赤紅眼睛。

眼睛在接近。

貝貢索全身流汗。他嗅到極強烈的野獸羶氣。

「沙漠之鷹」自手掌滑下。

異獸騎在貝貢索身上，四爪把他四肢牢牢擒住，緊按在床。

牠近距離凝視著貝貢索的臉，異獸發出怨恨的叫聲。

貝貢索恐懼地閉起雙眼，但剛才他已經看見了異獸的模樣，此刻仍然浮現在腦海。

——他很像人類……好像……

「是你！」貝貢索瘋狂掙扎。手腿被獸爪抓破了，但他感覺劇烈的痛楚。

「是你！你回來了……不可能的！你已經死了！我們殺了你！這不公平！你已經死了……他媽的，這不公平……上帝啊……」

**同時**
**阿蘇爾酒吧**

像夜梟般的黑影在月亮前出現，飄降在阿蘇爾酒吧屋頂。

莎爾瑪赤裸的身上，只穿著一塊部族花紋的暗紅披肩。她伏在屋頂上，側頭把耳朵貼在瓦上。

瑚安娜在房間內酣睡的聲音，透過樑柱傳遞到瓦片，微微震動著莎爾瑪無比靈敏的耳膜。她確定酒吧內只剩瑚安娜一人。

莎爾瑪像蜘蛛般在屋頂上以手足迅速爬行，找到緊閉的天窗。

她伸出手掌，貼在天窗玻璃上。玻璃自掌心處呈現龜裂，裂紋緩緩向外擴張。

手掌穿透了厚玻璃。碎片並未墮地發出聲響，因為都被她以高速的動作握進掌心。

碎片刺進手掌，但莎爾瑪連眉頭都沒皺，把玻璃碎片捏成粉末。手掌再次張開時，傷口已經癒合。

她伸手探進天窗缺口，悄悄打開窗鎖。身體像蛇般無聲自窗戶滑下。

**同時**

**聖何塞墳場**

拜諾恩與波波夫矯健地躍過墳場外佈滿鏽跡的圍柵。

他把珊翠絲的無頭屍身扛在肩，手上揪著她頭顱，一步步進入墳地裡。

終於，他找到要尋索的墓標。

他凝視十字架下的石板：

加伯列・馬拉薩諾・艾斯特拉

拜諾恩把珊翠絲的屍首卸在地上，拔出大衣裡一柄寬刃短刀，當作鐵鍬用來挖掘墳墓。

拜諾恩挖著時已經發覺不尋常。泥土很鬆，似乎最近才被翻過。

——看來我沒猜錯……

鬆動的泥土，再加上拜諾恩本身超乎常人的體能，很快就令棺柩暴露出來。

他把短刀插進棺蓋邊緣空隙，用力撳動。

棺蓋也是輕易地被開啟。

一如預料，棺柩內空空如也。

他再次嗅到裡面殘餘的那股野獸氣味。

他伸手進棺柩內側摸索。木頭上有縱橫交錯的爪痕。

「你到底是甚麼？」

□

## 艾華利・席甘多神父之日記

八月四日凌晨

那個叫尼古拉斯．拜諾恩的男人到底是甚麼？

正常人是不會到聖亞奎那這種地方來的，這裡必定隱藏了某種東西吸引他。

我確信那是十分邪惡的東西。聖亞奎那每個人都感覺得到，只是沒有人願意談論——因為一切都是半年前，古鐵雷斯奇蹟般生還之後開始的：晚上常常看見亂飛的蝙蝠；牧羊被噬至腹破腸流而死；這麼多人相繼神秘失蹤；加伯列姊弟被虐殺……

然後是班達迪斯，還有阿蘇爾酒吧那三個人的慘死。桑茲對於流了這麼多血，一直沒說過半句話。他知道些甚麼？還是他猜到些甚麼而不敢說？

我強烈感覺到，這一切的源頭都指向堅諾．古鐵雷斯。回想起來，孩童時的堅諾是多麼可愛。他是天父所鍾愛的兒子。但是黑暗對這個孩子來說實在太吸引了。我無能為力。

最後一次看見他時，那副樣貌我到現在仍深刻記著：彷彿一張透明的臉。

我的主啊……我認為他已經不是人類了。但假如古鐵雷斯已不是人，那又是甚麼？

而那個拜諾恩，給我的感覺，有著某種與現在的古鐵雷斯相近的特質。

他們在我眼中，都像陷身在深沉的黑闇中。但拜諾恩不一樣。他仍然渴望光明。

拜諾恩為甚麼問起加伯列死亡的事呢？那可憐的孩子。主啊，何以祢要冷眼旁觀這種殘酷？公義何在？

原諒我，我不應該懷疑主。我知道死後的審判，將能昭顯祢的大義。然而現世所發生的一切，卻教我如此憤怒，令我快要失去信心。

主啊，請接收我一次的祈求，只此一次：讓人討回公義，可以嗎？

**同時**
**聖亞奎那鎮**

突然爆發的淒厲電吉他聲，響徹整個聖亞奎那，打斷了席甘多神父的書寫。神父擲下鋼筆，小心地把吸墨紙鋪在剛寫那一頁上，把硬皮日記本合上，奔出教堂。

鎮內商店和民居紛紛點起燈。整個聖亞奎那都驚醒了。

正與三名同伴賭撲克的邦薩，聽見吉他聲的一刻有股不祥預感。他拋去手中紙牌，急忙地穿上皮靴，握起班達迪斯的左輪手槍，提著手電筒與同伴奔出屋外。

他馬上想起一件事：

整個聖亞奎那鎮只有一支電吉他，在貝貢索家裡。

在阿蘇爾酒吧，瑚安娜的睡夢也被電吉他驚醒。

擴音器的聲量幾乎開至最高。

六弦彈撥的速度節奏超乎人類所能。撥弦聲極爽朗，可想彈奏者的指甲又硬又長，其中有幾個奇特的和弦變化極快，那些按弦位置之間的距離，超過了人類手指的長度。

猛烈如火的吉他，不是屬於人間的音樂。

瑚安娜卻從中聽到幾個熟悉的調子。

悲慘而孤獨的音律，掀動她心底回憶。

瑚安娜赤著腳，穿著單薄的睡衣奔出房外。

走廊的陰影裡，莎爾瑪露出蒼白的半邊臉孔，眼神透出憤怒。

正從聖何塞墳場返回中途的拜諾恩，同樣聽到了這悽厲的獨奏。

他抱著波波夫，以最高速在山岩間跳躍。

正當聖亞奎那鎮民紛紛提著步槍、手電筒和汽油燈走到街上時，吉他聲猝然而止。

無人能辨別聲音從何而來。

邦薩帶著大群人，奔到南邊貝貢索的寓所。瑚安娜、席甘多神父和其他人也跟著前去。

那座兩層木樓房內異常沉靜，只有二樓房間透出燈光。

邦薩把手電筒交給旁人，左手把自己腰間的手槍也拔出來，雙槍戒備。

「貝貢索！」邦薩呼喊。沒有回應。

——那小子一定是嗑了藥！

邦薩這樣安慰自己。

他率先衝前，伸腿踢向樓房正門。木門沒有上鎖，皮靴輕易就把它踹開來。

邦薩把雙槍指向門裡。樓下黑暗的客廳空無一人。

邦薩十分熟悉好友貝貢索家中佈置，他飛快地奔向通往二樓的階梯。四個手握光源和手槍的鎮民也一擁而入。

邦薩衝上階梯時，瞧見貝貢索房間門戶打開了，內裡透出亮光。他渾身冒汗，一步一步走近房門。其他四人則在走廊上守衛。邦薩閃到門旁牆壁，悄悄把右眼探向門口，視察房內情況。

「我的天啊！」邦薩發出不可置信的驚悸呼叫。

屋外的人，被邦薩的驚呼聲嚇得一陣哆嗦。

拜諾恩這時到達了鎮中央廣場。

鎮長桑茲揮手號令，十餘個警察立即舉起步槍和霰彈槍指向拜諾恩，團團把他包圍。

拜諾恩環視四周：桑茲、鎮警，以至外圍一個個手握火把的鎮民，全都露出了敵視的眼神。

「你剛才去了哪裡？」桑茲質問：「假如沒有合理解釋，我就立即拘捕你！」

「又有人被殺了嗎?」拜諾恩問:「在哪裡?我要去看。」

桑茲的權威受到挑戰。他憤怒地從一名鎮警手中搶過步槍,瞄準著拜諾恩:「把身上所有武器繳出來!蹲下!」

拜諾恩無法再忍受。他褐色的雙目直視著桑茲的眼睛。

桑茲的眼神漸漸變得迷惘,步槍垂了下來。拜諾恩的催眠力,馬上就壓制著這個意志軟弱的男人。

「把槍收起來。」桑茲隨著拜諾恩的無言暗示,發出夢囈般的命令。「我們到那邊去看看。」

在鎮警開路下,眾人抵達貝貢索寓所外。拜諾恩看見瑚安娜和席甘多神父仍然安全而感到安慰,卻瞧見四個男人正蹲在一邊嘔吐。

邦薩坐在地上,臉色蒼白無比,眼神渙散。

「發生了甚麼?」拜諾恩脫下桑茲的外衣——桑茲毫無抗拒反應令鎮民們很吃驚——披在瑚安娜肩上。

「不知道……」席甘多神父緊張地握著胸前十字架:「你跟我上去看看好嗎?」

拜諾恩點點頭,摻扶著老神父進入漆黑屋內。

貝貢索房間的情景,令拜諾恩也不禁打冷顫。神父則似乎早就預料一切,並沒有受到多大的衝擊。

貝貢索的屍身以頭髮吊在天花板的掛鈎上，緩緩旋轉。那支掛鈎原本是用來安裝閃光銀球。

屍體的整個下顎，連同喉部和前胸的皮膚都被撕下來，眼球被燒焦，垂下的手腿軟得不像話——關節全都被折斷。

貝貢索的鼻孔冒著白沫，看來活著時被強迫吸入過量毒品。床頭有個空膠袋，殘餘著古柯鹼。

拜諾恩的視線轉向屍首後方牆壁，牆上用鮮血寫著一行大字：

Todos los traficantes deben morir

句末還有一個奇異的血爪印，指爪呈極細長的形狀，隱約可見每隻手指都有四節，尖端的爪甲長如利刃。

不需要問神父，拜諾恩看得懂這句西班牙文。

「**所有毒販都得死**」

在鎮民口耳相傳下，不久之後每個人都知道了貝貢索房間內的慘狀，還有牆上那行血字。大部分人沉默著。他們都為古鐵雷斯工作過，或是還工作著。

——「毒販」是不是也包括我？

聖亞奎那籠罩在一股無聲的恐怖中。

□

拜諾恩和神父出到屋外，瑚安娜急步上前。

「是不是加伯列？」瑚安娜哭著問拜諾恩：「是他幹的嗎？我知道……是他的吉他聲！我的吉他也是他教的……是他吧？拜諾恩先生，告訴我！」

拜諾恩實在無法回答這問題。不是因為他不知道答案，而是答案對這女孩太殘酷了。

瑚安娜從拜諾恩的眼神裡，已經找到答案。

「加伯列他還活著……他在哪裡……」

拜諾恩正在思索要怎樣安慰她，冷不防邦薩從後撲來，把槍口對準拜諾恩的太陽穴。

「是你！你殺死了貝賁索！殺死了班達迪斯！」邦薩瘋狂地怒嚎。

四周鎮民也開始咒罵拜諾恩。

「還我孩子來！」一名中年婦人哭著揮舞手上的火把。拜諾恩知道，她的兒子就是被珊翠絲殺死的那個少年。

拜諾恩此刻隨時都能夠折斷邦薩的手臂，但他不想刺激鎮民的情緒。

「不是我幹的。」拜諾恩冷靜地回答。

「那麼你剛才去了哪裡？」邦薩把手槍撞針扳後：「班達迪斯死的那一天，就是你到來的時候！今晚又是貝貢索——」

拜諾恩以常人肉眼看不見的手法奪去手槍再拋到地上，然後伸出按住邦薩的腦袋。

他像看主觀鏡頭拍攝的電影般，目睹了邦薩可怖的回憶：

……在牧場木屋裡……

……邦薩的視線，正對著被班達迪斯強暴的年輕女人，焦點落在她傷痕滿佈的乳房上……

……邦薩的視線轉向另一邊……

……貝貢索拈著一根被割斷的舌頭，在一個手腳被緊縛的青年眼前晃來晃去。青年口中不斷流血，發出淒啞的叫聲……

……青年的眼睛直盯著邦薩，目中燃燒著憤怒火焰……那眼神裡彷彿在說著一句話：

「我要復仇！即使墮進地獄，我也會爬回來！這是不可原諒的事！」

拜諾恩接收這些影像，實際上只是幾秒的事，但他無法再抵受，他猛力把邦薩推開，壓抑著一種欲嘔的感覺。他恨不得像對付吸血鬼那樣，馬上把邦薩殺死。

「你還不明白嗎？」拜諾恩指著仰躺地上、一臉惶惑的邦薩：「你還不知道他是誰嗎？班達迪斯、貝貢索和你！下一個就是你！及早挑選自己的墓穴吧！」

**同時**
**聖亞奎那以南之荒野**

穿著貝貢索那黑色皮衣和牛仔褲的狼男，倚在仙人掌旁，彈奏著掛在身前的電吉他。吉他並沒有接上擴音箱，鋼弦只能發出鈍啞低沉的顫音。

狼男從喉間發出輕輕嗄叫……

「嗚……呀……」

拼合起來，好像在呼叫一個名字……

瑚安娜……

# 第七章
# 會晤吸血鬼

## 八月四日
## 阿蘇爾酒吧

拜諾恩仰頭，看著那扇破碎的天窗。

瑚安娜隨著他的視線往上看：「啊！甚麼時候破的？」她看看地上，竟沒有玻璃碎片。

拜諾恩沉思：酒吧裡遺留著吸血鬼的氣味，而且不是珊翠絲的……好險……

「我們暫時離開酒吧好嗎？」拜諾恩說：「我覺得這裡太危險了。」

瑚安娜並不理解他的意思：「你是說，暫時搬到別處嗎？」

「到教堂去借宿幾天吧。幾天就夠了。那裡是位於鎮中心，比較安全。」

「假如媽媽回來怎麼辦？」母親不見蹤影，瑚安娜猜想大概又是去了古鐵雷斯的莊園。「她看見酒吧沒開門，一定很生氣……」

「不打緊，我會替妳去找她。」說謊的關係，拜諾恩的語氣變得有點不自然。瑚安娜並沒有察覺。

「加伯列呢？」瑚安娜的眼眶紅了，楚楚可憐的姿態令拜諾恩心疼。

「他會再來找我的。我很想再見他……」

拜諾恩有股衝動，想把口袋裡那張照片拿出來給她看，問她：即使他變成這副模樣，妳也想見他嗎？

他辦不到。眼前的她如此無助，他有點想把她輕輕抱住安慰。

瑚安娜仰頭，藍色的眼睛與他的褐色眼睛對視。

拜諾恩發現，瑚安娜的眼神裡出現某種異樣的慾火，櫻唇微微開啟。

拜諾恩驚覺是甚麼事。他盡量以自然的姿態移離瑚安娜。

瑚安娜像突然夢醒，一臉羞慚。「我為甚麼我會這樣……加伯列，對不起……」她雙手捧著赤紅的臉，再次流淚。

「不。」拜諾恩舉起手想再次安撫她，卻不敢再直視她的眼睛。

——是我的錯。

拜諾恩知道，剛才自己在無意中使用了身為「達姆拜爾」的異能，把自己對瑚安娜的好感化為催眠力，傳達到她腦裡。他在不知不覺中，促使孤單的瑚安娜投向自己。

雖然不是蓄意，他仍然感到很羞愧。

拜諾恩垂著頭來，卻發現瑚安娜握住了自己的手掌。

「尼古拉斯哥哥……這樣叫你可以嗎？」瑚安娜剛才的羞恥已消失，重現天真開朗的笑容。

拜諾恩心裡的愧疚也一掃而空。眼前這個無邪的少女，他發誓一定要全力保護。

「叫我尼克就可以。」

過去只有一個人曾經以這個暱稱呼喚拜諾恩：慧娜。

**同日下午**

**聖亞奎那教堂**

拜諾恩與席甘多神父面對面坐在休息室，享受著黑咖啡。

瑚安娜此刻正抱著波波夫在教堂後的房間入眠，那是古鐵雷斯少年時的臥房。

拜諾恩剛才只在酒吧小睡了三小時，便忙於與瑚安娜收拾東西搬到教堂來。但他承繼吸血鬼的習性，只需要很少的睡眠，現在毫無倦意。

「打擾了，神父。」

席甘多瞧著拜諾恩仍以繃帶吊在胸前的那條左臂：「傷得很重嗎？那頭怪物真厲害……可你也不太差吧？否則你不能坐在這裡。」

拜諾恩嘆息著搖頭。

「你知道嗎？這城鎮就是依照這座教堂而命名的。」神父說：「教堂和城鎮一樣地古老。從前這一帶的土壤十分肥沃，但是地震令水源截斷，改變了一切。」

「你在這裡出生嗎？」

神父點點頭。「也一直住在這裡。我是聖亞奎那鎮第五代的神父……在我年輕時，當上神父是許多同輩者的夢想。結果除了我之外，沒有人忍受得了清苦。現在鎮裡再沒有人願意擔當聖職了，我死了後，這座教堂不知道會變成怎樣。」

拜諾恩拍拍席甘多的手掌安慰他：「居民仍然需要你。他們總會覺悟的。」

神父搖頭：「金錢在人們的心中，比真理重要得多。為了金錢，多數人都願意出賣靈魂……你呢？你把自己的生命，奉獻在甚麼之上？」

神父直視無法回答的拜諾恩。

「你始終沒有說，是為了甚麼來聖亞奎那？為了那些死而復生的『東西』嗎？」

拜諾恩愕然。

「不用吃驚。我畢竟也是墨西哥人啊，甚麼奇怪的事情自小就聽過。你要找甚麼？

吸血鬼？」

拜諾恩猶疑了一會，最後點點頭。

「我是吸血鬼獵人。這是我的宿命。詳細因由我無法向你解釋。」

神父沉默地飲光咖啡，吁了一口氣：「那麼你昨夜是去狩獵嗎？」

拜諾恩承認。但他決定還是不要告訴神父昨夜那女吸血鬼的正體，怕讓瑚安娜知道。

「那並非這個鎮裡唯一的吸血鬼。」拜諾恩說：「所以我仍然會留在這裡。」

「殺死班達迪斯和貝貢索的是加伯列吧？他就是那張照片中的怪物嗎？那就是吸血鬼？」

「不是吸血鬼。我也不知道他是甚麼。我從沒見過這種『東西』。」拜諾恩從口袋裡掏出那張照片：「殺人的確是加伯列。他要復仇。我想也許就是那股強烈的仇恨，令他越過了死亡，再次回到人間。當然世上含恨而死的人有千千萬萬，為甚麼獨是他會復生，而且變成狼男，他死時或者死後發生了甚麼特別的事情，我實在不知道。說不定永遠也不會知道。」

「也許是上帝准許他回來。」席甘多神父的神色很哀傷：「原來殺死加伯列和瑪莉亞的是他們那些傢伙。唉，他們都是城鎮土生土長子弟。他們年輕時也只是正常的男孩。毒品和金錢，把聖亞奎那完全改變了，也把人變成了野獸……聽你昨晚說，他下一個目標是邦薩？殺了邦薩之後，加伯列他又會怎樣？」

「也許能夠獲得安息吧。」拜諾恩凝視照片中那雙怨恨的眼睛：「但也可能永遠活在痛苦中……」

「你也要狩獵加伯列嗎？」

「上帝會不會原諒他的復仇？」

「我無法代替祂發言。」神父嘆氣：「但我不得不說：世上確實有些惡行，是要用血來償還。」

拜諾恩站起來。只因他的耳朵聽見有人進入教堂。

他陪同席甘多走到禮堂，進來的是邦薩。

「你來幹甚麼？」神父看著邦薩時露出鄙視的眼神。

「拜諾恩先生。」邦薩摘下帽恭敬地說：「古鐵雷斯先生邀請閣下到他的莊園談話。」

拜諾恩感到訝異：「要談甚麼？」

「是有關殺死貝賈索的凶手……古鐵雷斯先生希望能得到閣下的幫助。」

拜諾恩明白了：自己是至今唯一正面對抗過狼男而能夠生存的人。這令古鐵雷斯生起了興趣。

——是個很好的機會。

拜諾恩戴上墨鏡，點點頭。

## 同日
## 古鐵雷斯之莊園

與貧困的聖亞奎那相比，這莊園猶如天堂。

拜諾恩騎著班達迪斯遺下的黑馬，與騎棕馬的邦薩循沙土小徑，進入莊園鋼鐵大門。

前院是一片綠油油草地，整齊地栽種著樹木；小徑兩旁各擺放著白石雕刻的古希臘風格塑像，全都是身材健美的裸體男人造型，作出各種戰鬥姿勢；左邊建了一座突高於地面的游泳池——在這水源珍貴的地帶是很昂貴的奢侈品。

小徑盡頭有一片平整的沙土地，停放著黑色賓士轎車、能坐十一人的旅行車和四輪驅動的越野車。空地另一邊，幾名牛仔在訓練馬匹。馬廄就在空地旁。

正對著空地的三層高石砌樓房，充滿歐洲建築風格，樑柱和窗框都有石雕花紋，木大門兩側柱子上有一對獸臉浮雕，完全跟古代貴族的豪宅無異。

樓房正門打開來。拜諾恩彷彿看著一隻巨獸張開巨口。

因為他嗅到裡面傳來那股「味道」。

從大門出來的是個黑人，身穿一襲剪裁合身的黑西裝，左襟袋露出紅絲巾。從席甘多神父口中知道，這個男人是古鐵雷斯的兩大心腹之一，神槍手奧武利薩。

拜諾恩躍下馬。一名護衛上前欲向他搜身。

奧武利薩呼喊了幾句，護衛立即退下。

奧武利薩以英語說：「拜諾恩先生，請進。」

拜諾恩隨同奧武利薩走入大門。

屋內的守備並不嚴密，氣氛與一般住宅無異。拜諾恩隨著奧武利薩登上通往二樓的石階。

拜諾恩表面十分輕鬆，但短劍隨時可以從他袖口滑到掌中。

奧武利薩敲敲二樓廊道一道房門，隨即把門打開。

於是拜諾恩終於與聖亞奎那的「國王」見面了。

古鐵雷斯的房間陳設比拜諾恩想像中簡單：辦公桌、沙發跟幾把皮椅；牆壁上懸掛了中北美洲的詳細地圖、一具牛頭標本和一對交叉擺放的西洋劍，此外再無其他家具或裝飾。

坐在辦公桌前的古鐵雷斯披散著黑色長髮，蒼白而輪廓分明的瘦臉，有著拜諾恩熟悉的詭異氣質。他只穿著簡單的白襯衣和黑褲，一雙蛇皮短靴交叉擱在辦公桌上，那赤紅色特別顯眼。

包著藍頭巾、身穿貼身背心的蒙多，像巨塔般站在古鐵雷斯身後，交抱著粗碩的雙臂，獵刀穩穩插在腰間皮鞘。

一身性感露臍紅衣的莎爾瑪，則像頭寵物般伏在沙發上，側臉瞧著拜諾恩。

拜諾恩凝視了她一會。莎爾瑪朝他眨眨眼。

古鐵雷斯這才把靴子從辦公桌放下來。

「請坐，拜諾恩先生。」他往對面的空椅擺擺手。

拜諾恩沒有脫下大衣或墨鏡，逕自坐在椅上。他透過鏡片，凝視眼前的吸血鬼。

——假如現在動手，能夠一口氣幹掉他跟那個女的嗎？是否能夠不傷及另外兩個人類？得手後能逃出去嗎？……

這念頭只在拜諾恩心中一閃而過。

古鐵雷斯打開辦公桌上的雪茄盒，遞向拜諾恩。拜諾恩搖搖頭拒絕了。

「聽說你曾經跟那隻怪物打過。」古鐵雷斯微笑，指指拜諾恩掛在胸前的左臂。「假如要你再次面對牠，有信心贏嗎？」

「我沒必要這麼做。」拜諾恩冷冷說。

「五萬美元。」古鐵雷斯直截了當。「這價錢在墨西哥，已經可以僱十個殺手。」

拜諾恩連眉毛也沒動就站起來。

「那麼你就僱十個人去幹。也可以動用全部聖亞奎那的居民。大概不用花錢。」

拜諾恩轉身朝門口走。他知道自己越顯得貪婪，越能取得對方的信任。

「十萬。」古鐵雷斯把戴著銀指環的雙手交疊在桌上：「這已是上限。」

拜諾恩站住，轉身脫下墨鏡。

「另外有一個要求。」

「說。」

「讓我留在這裡替你工作。」拜諾恩說出一早預想的話：「我在美國已沒有立足之地。我需要更多錢。」

古鐵雷斯瞧瞧站在門旁的奧武利薩。兩人相視一笑。

「關於工作的事，看看你這次表現如何，稍後再安排。」古鐵雷斯說：「你甚麼時候搬過來？」

拜諾恩沒有笑容：「今天。」

古鐵雷斯伸手與拜諾恩一握。兩隻手掌同樣冰冷。

四隻眼睛對視，互相探索對方的思緒。雙方都失敗了。

古鐵雷斯並未動容，但內心有點吃驚。這是他第一次無法閱讀別人的心思。

「為甚麼僱用我？」拜諾恩問：「你們有足夠的力量。」

古鐵雷斯收回手。

「這兩天內我們有件十分重要的事情要辦，不能分散力量。」

其實拜諾恩早就從席甘多神父口中得到情報：古鐵雷斯準備在近期，會晤這一帶的另外三個最大毒梟，商討成立「卡特爾」的計劃。

拜諾恩戴回墨鏡，又一次瞧向躺臥在沙發上的莎爾瑪。

莎爾瑪刻意懶洋洋地扭動腰肢，炫耀著細白的肌膚。

拜諾恩第一次微笑，令站在旁的蒙多慍怒。他不容許別人用任何方式包括視線，侵犯古鐵雷斯的女人。

古鐵雷斯本人卻似乎沒半點醋意，反而對這麼膽大的拜諾恩投以欣賞眼神。

——他喜歡慾望旺盛的男人。唯有這樣的人，才能夠讓他掌握。

拜諾恩離去之後，奧武利薩坐上剛才拜諾恩所在的椅子。「你真的信任他嗎？」說著時他拔出插在腋下的手槍，以紅絲巾抹拭槍身。

「這是個危險的男人。」蒙多維持著交臂站立的姿勢。「依我看還是及早幹掉他。」

「你也很危險啊，蒙多。」莎爾瑪仰躺，看著從窗戶投到天花板的陽光：「只有危險的男人，才有資格住在這屋裡。」

「說得很好。」古鐵雷斯撫摸著牛頭標本：「假如他真的能夠對付那怪物，就太有價值了。我們需要更多這種人。為了建立我們的王國。」

「誰會是王后呢？」莎爾瑪夢囈般說。

古鐵雷斯突然撲到她身上，五指掐著她的咽喉。

「我知道妳昨夜到了哪裡。還有兩天前，死在酒吧裡面那三個人，也是妳派去的吧？不許傷害她。否則我就收回我賜給妳的生命。記著。」

莎爾瑪很驚惶。古鐵雷斯這才放開她，站起來整理襯衣，然後問奧武利薩：「會議的事準備得怎樣？」

「現金已經備妥，就鎖在保險庫裡。」奧武利薩收回手槍。

古鐵雷斯拍拍他肩膀，又瞧向蒙多。

蒙多舉起他一雙刺滿鳥羽圖案的手臂，露出果敢堅定的目光。

古鐵雷斯微笑。「我真是等不及了。將來我們會比黑手黨或哥倫比亞人還要強大。我們將創造歷史。」

# 第八章
# 血之秘宴

## 八月六日
## 聖亞奎那以南十二哩

荒漠的氣候變化極快。中午仍然陽光熾烈，天空中找不到一絲雲，到了黃昏厚重的雲層從四方八面湧至，密密地籠罩天空。

昏黃的斜陽透過雲霞，淡淡灑在大地上。猛風捲起陣陣沙幕，令視野更為黯淡。

轎車陸續從各方出現。

四支車隊，以荒漠上一座小屋為中心，各自遠遠停在大約一百碼外。這是預先約定的距離。

北面的車隊屬於古鐵雷斯。身穿白色大衣的他，在奧武利薩和蒙多拱護下，踏出防彈賓士，手裡提著一個金屬箱。

按照約定，古鐵雷斯獨自一人步向荒漠中央那小屋。其餘三支車隊同樣有一人步出。

古鐵雷斯憑著吸血鬼的超人視力，確定了來者身分無誤。

從對面南方的車隊中出來的是肥胖的蘇爾洛斯，他在墨西哥北部從事販毒活動已有二十餘年——在這門鬥爭激烈的生意裡這絕非易事。古鐵雷斯知道，半年前差點成功暗殺自己的就是他。

同樣拿著手提箱，從東面獨自徒步而來的是卡登。他跟古鐵雷斯一樣，三十出頭就稱霸一方，以狠辣手段見稱。古鐵雷斯遠遠就辨出他缺去的左目和那片三角形傷疤，是五年前他在幫會內發動叛變成功奪權時受的傷。

西面而來那人走得最慢，除了提著金屬箱外，右手還拄著拐杖。戈羅斯是四人中最年老的，在墨西哥黑道中早享盛名。從前他一直嚴禁部下從事販毒活動，認為毒品只會令幫會滅亡；然而數年前，眼看著地盤日漸被其他勢力蠶食，戈羅斯也不得不加入販毒，但只限於販運傷害較小的大麻，因此他的幫會比其他毒販較少受到執法部門和美國佬的注意。戈羅斯是老江湖，他手上的基層網絡也最廣。

比較起這三人，目前古鐵雷斯的勢力最為弱小，但卻崛起得最快。今次會議正是由他策劃。

□

木屋內異常悶熱，浮躁的蘇爾洛斯不停在抹汗，他胖軀裡的油膏好像化為汗自皮膚毛孔滲出來。

卡登習慣地搔搔傷疤，以淩厲的右眼凝視古鐵雷斯。

老人戈羅斯則像在打盹。

「為甚麼挑在這種鬼地方見面？」蘇爾洛斯抱怨。

「這是最安全的會面方法。」古鐵雷斯從屋內架子取下一瓶紅酒和四支玻璃杯，放在桌子上。木桌四面各擺放一個金屬箱。

古鐵雷斯拔開瓶塞，替自己倒了滿滿一杯酒，輕啜一口。

蘇爾洛斯細心觀察，確定古鐵雷斯已把酒吞下。他又仔細檢查酒杯一會，最後才放心地倒了一杯，大大喝了一口解渴。

卡登和戈羅斯則連瞧也不瞧一眼酒瓶。

「我們可以開始了嗎？」卡登不安地瞧著古鐵雷斯：「為了證明大家的誠意，我們先把箱子打開來吧。」

四人同時打開面前金屬箱的密碼鎖，又從頸項掏出連著銀鍊的鑰匙，插進鎖頭扭動。

四具金屬箱裡，各滿滿塞著二百萬美金現鈔，總共八百萬美元。

這是成立販毒「卡特爾」的基金，主要用途是賄賂州政府司法官員、州議會政客及代表本區的國會議員。運作順利的話，在盈利增加後他們會陸續收買更多中央政府的政客。

所謂販毒「卡特爾」是哥倫比亞人發明的組織形式：同一地區內的毒販由於各自勢力太大，沒有任何一方能夠一統天下——否則只會在戰爭中互相毀滅；於是各毒梟組成合作方式，固定現有勢力範圍，並且建立一個共同決策中心，以平息曠日持久的戰鬥。

「卡特爾」之成立有三大益處：

第一，由於以協商代替競爭，便能夠控制毒品價格，把利潤提至最高；這即經濟學上的「寡頭壟斷」。

第二，能夠聯手排除其他人再加入市場，保護自身利益。

第三，集合力量對政界和司法界施加控制，鞏固地位之外也阻礙美國政府插手。

「卡特爾」可說是一種比較文明的黑道跨幫會組織結構。

「看來大家都有十足的誠意。」卡登冷冷說：「但是這筆錢應該由誰來暫管？」

「戈羅斯老先生最值得我們信賴。」古鐵雷斯說：「他的聲望沒有人會懷疑。我認為應該由他來看管這些金錢。」

蘇爾洛斯瞧著成堆的美鈔，露出貪婪表情。

「這些錢不是最重要的。」卡登說：「我們這次會議的重點，應該是商議日後『卡特爾』的決策方式吧。」

古鐵雷斯點頭：「本來最佳的決策方式就是表決，少數服從多數；但可惜我們這裡有四個人，很容易造成二對二的僵持局面。」

他再喝一口紅酒，繼續說：「所以我建議另一個形式：由於戈羅斯老先生負責管理基金，他沒有首輪表決權，而由我們三人對日常決策作投票決定；假若我們三人出現一人棄權、另兩人對立的局面，才再由戈羅斯老先生作仲裁。我認為這方法十分公平。」

戈羅斯這時才抬起濃密的白眉毛，發出冷笑：「古鐵雷斯啊……只花這幾百萬，就想讓我把幫會的權力拱手交到你們手上嗎？」

屋內一時沉默。

首先打破狀況的同樣是戈羅斯：「既然四個人這數字帶來問題，我們或許可以加以改變……假如我跟卡登和蘇爾洛斯聯合起來，你有多少勝算？」

古鐵雷斯早就知道這老狐狸在背後拉攏兩人，但他一直希望「卡特爾」的構想能夠吸引他們。

「你太令我失望了，老先生。」古鐵雷斯說：「這次是和平會議，你不應該說出這種話來。我們是人類，不是野獸。卡登先生，對嗎？」

卡登不置可否，他只想靜觀古鐵雷斯與戈羅斯衝突的結果。蘇爾洛斯也有同樣想法。

「你還沒有回答我的問題。」戈羅斯說。「古鐵雷斯，面對我們三人，你有多少勝算？」

「過去你們也曾經聯手對付我，想把我逐出這生意。」古鐵雷斯的臉木無表情。「那時候你們不只三人。還有蘭達斯、干巴……結果你們仍然沒法殺死我。死的是他們。你們若真有這種把握，今天就絕不會坐在這裡。」

戈羅斯笑著搖搖頭。

「不。只是因為我們找不到最好的機會……」

戈羅斯迅速舉起手上拐杖，手指按動杖柄一個扳機。

正對古鐵雷斯的杖端爆閃出火花。

槍聲震撼荒漠，驚起一群烏鴉。

包圍在四面的黑道頓時緊張起來。近百支槍同時上膛的聲音在荒漠中迴響。

「堅諾不會出事吧？」奧武利薩握起自動步槍，遠程瞄準鏡中的十字對準小屋的正門。

「絕不會。」在他身邊的蒙多肯定地說。他按著奧武利薩的肩膀。在蒙多強大的腕力下，奧武利薩不由自主垂下槍口。

「古鐵雷斯說過：絕對不要開槍。」蒙多又說。「他說他有能力控制局面。無論如何不要介入戰鬥。」

他轉頭瞧向其他手下。「你們明白嗎？」

眾人一起點頭。

在屋內，戈羅斯惶然注視前方。

古鐵雷斯並沒有如他想像般腦裂身亡。

擋下那枚子彈的赫然是卡登。他不知何時站到了古鐵雷斯身前。

戈羅斯無法相信這事實。

這記刺殺攻擊，他在家中已經練習過近百次，直至確定能在一秒之內絕對順利無誤地完成。

戈羅斯多年來一直裝扮成步履蹣跚的模樣，事實上他的體能仍維持得與四十歲時差不多。

這全都為了在必要時發動出人意表的襲擊。

戈羅斯原本的計劃是：殺死古鐵雷斯，然後聯合卡登和蘇爾洛斯在外面的手下，一舉殲滅古鐵雷斯的部眾。

但現在戈羅斯卻親手殺了卡登。計劃已經粉碎。現在，他的部下至少要面對古鐵雷斯跟卡登兩股勢力，蘇爾洛斯也將倒向古鐵雷斯。戈羅斯的幫會已到了末日。

「這是意外……蘇爾洛斯，你也看見！」戈羅斯的手在顫抖，拐杖槍掉到地上。

「這不是意外。」古鐵雷斯把卡登仍然站立的屍身推到一旁：「這是你自己寫下的結局。」

蘇爾洛斯那笨重的身體站起來，驚慌地看著臥在地上的卡登。他也搞不懂，坐在他正對面的卡登，何以一剎那間會成為古鐵雷斯的肉盾。一切就像魔法。

「太可惜了。」古鐵雷斯露出邪惡微笑：「我們原本可以好好合作的。既然戰火已經點起，就讓它燒得更旺吧！」

古鐵雷斯左掌往橫方斬出。

蘇爾洛斯那顆滲滿汗水的頭顱，帶著血泉飛起，撞擊木屋天花板，再重重墜落地上。

□

奧武利薩瞧見小屋的正門打開來。

從屋內走出的是目光渙散的戈羅斯。他彷彿心靈陷於空白，茫無目的地一步步前行。

他的手上提著兩顆血淋淋的頭顱：左邊是卡登，右手裡的是蘇爾洛斯。

東、南兩方的人馬，從望遠鏡中目擊自己頭領的首級。

數枚步槍子彈交叉擊中戈羅斯的頭部，把他的腦袋完全打碎。

混戰開始了。卡登與蘇爾洛斯的部下帶著復仇怒火，聯合起來向西面的敵人進攻。

交互的槍火在傍晚的空氣中爆閃。汽車群捲起風沙，就如古代騎兵般往敵陣衝鋒。同樣懷著仇恨的是戈羅斯的部下，他們負隅頑抗，卻漸漸被包圍。

「要去救古鐵雷斯！」奧武利薩跳進轎車，卻聽見一記爆炸聲，他引頸往外看。中央的小木屋被一枚榴彈炸碎。

奧武利薩惶恐地瞪大雙眼。

蒙多碩大的身體也塞進賓士的車廂。「我們撤退！這是古鐵雷斯的命令！」

「甚麼？」奧武利薩誇張地高叫。

「古鐵雷斯已不在屋裡——我不知道為甚麼。但他說過，只要木屋發生異變，他有辦法離開。他已說明等候他的地點。」

「他不可能逃出那裡！」奧武利薩吼叫。「四周都是沙漠，他怎麼能夠走出來？」

蒙多伸手出車門外，指指沙地。

奧武利薩恍然。

□

## 堅諾・古鐵雷斯之日記

二月六日

……實在太奇妙了！他究竟是誰？

讓我重新組織自己的回憶……在中槍之後，我唯一記得的事情就是躺在床上。對了，我吩咐奧武利薩去找席甘多神父來，為我作最祈福。神父拒絕了。

那一夜我知道自己快要離開人世……我沒有後悔。我只是痛恨，無法完成那偉大的事業。

我叫所有人離開臥房，我要靜靜地死去。

當時腦海裡有許多幻想。我想像著那座無法實現的新聖亞奎那城：豪華轎車一輛接一輛駛進去；五光十色的賭場霓虹燈，比拉斯維加斯還要亮；巨型的豪華飯店，在荒野上遠眺時倍為高聳……

我以為一切都要完結時，他來了。

我不知道他是怎麼進來的。也許是從窗戶吧，可是但卻沒有驚動守衛。

他走到床前，凝視著我。我也凝視著他。

「你快要死了。」他這樣說。我清楚記得他說的每句話：「你一定有很多還未了結的心願吧。」

我一一告訴了他。包括成立「卡特爾」和吞併所有邊界販運生意的計劃；在墨西哥開拓化學毒品生產的構想；還有美好的新聖亞奎那城……他耐心地全部聽完。

他點點頭：「很好的主意。為了這一切，你願意把自己的靈魂出賣給魔鬼嗎？」

我毫不猶疑地答允。我告訴他：魔鬼早已擁有我的靈魂。我跟莎爾瑪作過許多的獻祭。但看來撒旦並沒有保護我。

他再次點頭：「對的。撒旦跟『我們』比較起來，算不上甚麼。」

最初我不知道那個「我們」是甚麼意思。現在我明白了。

「我喜歡像你這種擁有狂熱慾望，而且不擇手段的人。」他說：「這種人才配成為我們的一份子。」

他掀開被褥，騎到我身上來。胸口的槍傷破裂了。我痛苦得快要昏迷。我知道只要一昏過去，就永遠無法醒來。

他把臉湊近我——鼻尖貼著鼻尖。我感覺到他吐出的寒冷氣息。

他說：「準備接受新生命吧。」

然後我感到他把嘴湊近我的頸側，一陣刺痛從那裡傳來，只是比胸口槍傷的痛小得多。

我聽到他啜吮我頸動脈血液的聲音。我當時並不感到害怕——一個將死的人，已經沒甚麼好害怕。

我乾渴極了，那是一種前所未有的強烈渴感。

他的臉離開我頸項。我看見嘴角溢著鮮血。

「現在換你了。」他說。他用指甲劃破了左腕內側，把傷口湊向我張大的嘴巴。

「快點喝吧，否則傷口又要合起來。」

他的血液滴進我嘴裡，我清楚感受到那血液進入喉嚨的感覺。真是前所未有的快感。

然後我看見了……自己的內臟！我站在自己的體腔裡！看見心臟越跳越快……然後又看見一股光，它越來越亮，亮得我無法睜開眼睛。

不一會我的視覺又回到臥房。他站在窗前向我微笑：「你將擁有永恆的生命。幹你想幹的一切吧。可是要小心。頭顱和心臟是你僅有的弱點。」

在他躍出窗戶之前，我從月光下看見了他的容貌：一頭金色長髮，眉心處有個細小的刺青印記。

好像是納粹的「鈎十字」徽號。

第二天我才了解「永恆的生命」是甚麼意思！一股前所未有的生命力灌注在我體內！

最奇妙的不止是胸口創傷自行痊癒，還有所有感官能力都超乎想像地旺盛！我花了好些時間才漸漸能夠控制這副新生軀體。我禁不住騎馬，在聖亞奎那繞了好幾圈。

親愛的日記啊，這是我最後一次在你上面書寫了。我永遠也不會衰老，日記對我而言已毫無意義。每一天對於我都是新的一天。

感謝他。

**八月六日**

**聖亞奎那以南荒漠**

在距離被炸毀的小屋三百碼外，古鐵雷斯一身泥塵，坐在一塊岩石後。身旁放著四個金屬箱。

他的座駕不久便在車隊拱衛下馳來，停在他面前。

蒙多率先下車，伸手與古鐵雷斯相握，把他的身體拉起來。

「辛苦了。」古鐵雷斯拍拍蒙多肩膀。蒙多連忙吩咐部下，把四個共裝著八百萬美鈔的金屬箱抬進轎車後廂。

站在車門旁的奧武利薩不可置信地搖搖頭。

他想：難道真的是在屋下預挖了地道嗎？這麼大規模的工作，我竟然全不知情。而古鐵雷斯一個人是如何帶走這四口沉重箱子的？

奧武利薩從蒙多與古鐵雷斯互視的眼神中，看出他們之間藏著某個他所不知道的秘密。

也許這個秘密，與半年前古鐵雷斯復活的奇蹟有關……

奧武利薩並沒有妒忌。他清楚了解古鐵雷斯也完全信任自己——只是這種信任和對蒙多那一種有所不同。蒙多就像一具機器，一按鍵鈕便能毫無誤差地完成工作，而對著機器是不必保守任何秘密的。

古鐵雷斯坐進轎車。蒙多與奧武利薩分別坐在他兩旁。

車隊駛向歸途時，古鐵雷斯開始述說剛才屋內發生的事——當然他沒有解釋，自己如何在瞬間以異常的速度和力量，把卡登的身體擋在自己身前。

——我及時躲到了卡登身後。

古鐵雷斯這樣說。

「以後要怎麼辦？」奧武利薩沉吟：「『卡特爾』的計劃已經完全粉碎了。」

「或許這樣更好。」古鐵雷斯微笑。「那三人只是提早幾年結束生命而已……反正早晚要把他們吞併。」

「最好讓他們三方繼續戰鬥下去，互相消耗力量。」奧武利薩明白了。「我們這段時期要做些甚麼？」

「甚麼也不用做。」古鐵雷斯點燃一根雪茄。「就讓他們互相殺戮吧。到了適當時候，我會出來接管一切。」

「可是說不定他們會懷疑。」奧武利薩分析：「我想到了一個方法：讓他們以為你已經在小屋裡粉身碎骨。你暫時不要露面，然後我們再傳出一些假消息，說我跟蒙多內鬨起來……這樣他們才會放心繼續打他們的『復仇戰』。」

古鐵雷斯伸掌拍拍奧武利薩的膝蓋，豎起姆指表示嘉許。

「轉往西去。」古鐵雷斯突然命令司機改變方向。

「我們不回家嗎？」蒙多問。

「我要先到墳場看看。」

## 八月六日

## 古鐵雷斯之莊園

沿著黑暗的石階步下，拜諾恩的夜視能力提升至最高。

階梯盡頭是一道有如監獄牢房的鋼門，上面卻連一個監視用的小窗也沒有。

拜諾恩觸摸冰涼的門把，嘗試扭動。沒有上鎖。

他推開門。

暗室裡的紅色燭光，令拜諾恩有短暫的昏眩感。

只穿著黑色胸罩、內褲和絲襪的莎爾瑪，戴著一頂像原住民酋長所用的羽毛頭飾，在印著五芒星圖案的祭壇前瘋狂舞蹈。眩目的雪白腰肢像蛇般扭動，雙腕上的銀鈴手鐲，揮舞出混亂狂野的音律。

莎爾瑪看見拜諾恩，動作頓時停止。她臉上有似乎用鮮血塗上的赤紅圖騰。

室內一股濃烈的羶腥氣息。抬頭一看，才發現整個天花都倒吊著蝙蝠。整座暗室瀰漫著一股神秘原始的氣氛。

「美男子，你終於來找我啦。」莎爾瑪以西班牙語說。這句拜諾恩聽得懂。他把身後鋼門輕輕關上。

莎爾瑪微笑，捧起祭壇上那個鑲有寶石的盒子。盒內鋪滿了白色粉末。拜諾恩不用猜就知道那是古柯鹼。

莎爾瑪把盒湊向自己面前，伸鼻用力吸服了好幾下。她放下盒子，臉上四處都沾著白粉。

「就讓我給你最高的快樂吧。」

莎爾瑪雙手伸向肩頭，撥下胸罩的肩帶。

裸裎的胸脯並未吸引拜諾恩的視線。他一步一步走近，盯視著莎爾瑪的臉。

莎爾瑪的笑容僵住。她感覺到危險。

「你想要甚麼?」她以英語喝問。

「沒甚麼。」拜諾恩目中閃出殺意。「就要妳的頭顱和心臟而已。」

莎爾瑪咧開嘴，兩支獠牙變長。

拜諾恩右臂衣袖滑出銀短劍。

「妳先走吧。古鐵雷斯不久後會到地獄跟妳相會。」

莎爾瑪躍上祭壇，發出尖呼。

天花上的蝙蝠突然群起拍動翅翼，如一團烏雲朝拜諾恩頭頂襲來。

拜諾恩料想不到這一著。無數蝙蝠的爪齒從四面攻擊而至，他一條右臂絕對無法同時抵擋。

拜諾恩蹲下身，右手鬆開了短劍，改為抓著大衣領口。

他的左臂仍懸掛在胸前，並沒有穿在袖內，因此拜諾恩輕易就把大衣單手脫下來，往頭頂旋轉揮舞。

大衣內側向外翻出。插掛的許多飛刀的長釘，因為強猛的離心力向八方飛出。

刀刃和釘口如冰雹般擊中蝙蝠的身體和雙翼，十幾隻瞬間就受傷墜下。

其餘逃過這金屬雨的蝙蝠，有幾隻也被捲進大衣內。拜諾恩往旁一揮，牠們被猛力摔到石壁上，撞得血肉模糊。受到這樣的迎頭痛擊，其他蝙蝠也都惶恐地飛散。

莎爾瑪大腿和臉也被兩枚飛刀插中。但她毫無痛覺，還趁著拜諾恩忙於應付蝙蝠之際，飛躍攻擊他的左方

——而拜諾恩無法使喚左臂。

塗成紅色的尖銳指甲，以詭速抓向他左邊臉和胸。

拜諾恩用盡了利刃，眼看無法抵抗。他迅疾地飛退。莎爾瑪窮追不捨。

拜諾恩右肩貼到石壁。

莎爾瑪一手抓住拜諾恩左側頭髮，另一手握著他的腰。

獠牙噬向他左頸動脈。

——我要把你的血吸乾！

莎爾瑪猝然感到胸前一陣強烈衝擊。

**同時**

**聖何塞墳場**

蒙多把墳場的鐵柵大門撞開。斷裂的鎖鍊吊在門環上左右晃盪。

古鐵雷斯帶著奧武利薩、蒙多和四名部下進入墳場。

「這裡！」一名部下不久便找到老闆要尋覓的墓標。

古鐵雷斯等人站在加伯列的墳墓前。

「把棺柩挖起來。」

四名部下不解地瞧著古鐵雷斯。

「快！」蒙多吼叫。四人倉皇脫去外套，蹲下來用手挖掘。

棺柩暴露在空氣下。

「打開。」古鐵雷斯冷冷地命令。

渾身泥污的四人皺眉，他們已嗅到棺柩發出的異臭。四人忍住呼吸，把棺蓋掀開來。

躺在棺內的赫然是一具女屍。

珊翠絲的屍體安靜地躺在棺木內，斷頭被安放在頸上，心臟處深深插進了一根粗木樁。

古鐵雷斯的眼睛瞪大。

——對方十分熟悉消滅吸血鬼的方法……是他！

「莎爾瑪！」

古鐵雷斯向東方呼喚。

**同時**
**古鐵雷斯之莊園**

拜諾恩左手深深陷進莎爾瑪心窩。

她身體完全僵硬。拜諾恩右手把她抓住自己頭髮的手掌撥開。

「你是甚麼……人……」莎爾瑪口中流出鮮血。

拜諾恩左手握緊。

套在左手上的武器立時把莎爾瑪心臟切成碎片。

拜諾恩左臂猛揮，就像剛才對付蝙蝠般，把莎爾瑪的身體摔到石壁上。

強大的衝擊力令她頭骨登時破碎，腦漿飛濺到天花。

拜諾恩的左手脫離了莎爾瑪身體，露出那具血淋淋的武器：一隻以硬皮革縫成的手套，五指上安裝了尖銳刀刃。

拜諾恩的左臂其實已經痊癒——為了加速復元，他昨夜冒險喝了一小杯血。所以仍然裝成受傷，就是用紗布包紮掩飾這具「刀爪」，以發出這暗藏的必殺攻擊。

拜諾恩檢視四周，視線落在祭壇的五芒星圖案上。

「瑪莉亞的背項被畫下了五芒星的傷疤……」拜諾恩想起席甘多神父的描述。

他早就懷疑：班達迪斯、貝貢索和邦薩都是聖亞奎那的子弟，即使奉了命令，也不大可能用這樣殘酷的手法虐殺鄰人加伯列和瑪莉亞。

——除非他們並不是在神智清醒之下進行這等惡行。

現在拜諾恩更確定：三人是受到古鐵雷斯或莎爾瑪的催眠，也許另外再加上毒品催激，而在那一夜變得如此兇暴。

那他們為甚麼要殺害不過經營一個小小牧場的加伯列姊弟倆呢？

拜諾恩能想到的動機，只有一個。

瑚安娜。

一切都開始清晰：第一夜潛入酒吧而被狼男殺死的三人；還有其後從天窗爬進來的吸血鬼莎爾瑪，他們不是奉了古鐵雷斯之命來抓瑚安娜，就是因為莎爾瑪的嫉妒而要殺害她。

拜諾恩收拾大衣和四散的兵刃時想，保護瑚安娜的方法，只有一個：

把這裡最後一隻吸血鬼消滅。

「古鐵雷斯。」拜諾恩把飛刀上的血跡逐一抹淨：「我等著你回來。」

# 第九章
# 吸血鬼騎士

## 八月六日
## 古鐵雷斯之莊園

古鐵雷斯的車隊晚上返回莊園大門時，雲層終於化作傾盆大雨灑下。急馳的轎車濺起水花與泥濘，直駛入前院小徑，停在樓房前空地上。

拜諾恩站在大門的簷前，瞧著古鐵雷斯、奧武利薩和蒙多逐一冒雨下車，心中正盤算著如何把古鐵雷斯的兩名親信引開，製造最佳的獵殺機會。

古鐵雷斯脫下已化成淡黃色的大衣，交給蒙多。

「狩獵的事情怎麼樣？」古鐵雷斯拍拍拜諾恩的肩膀，與他一同走進屋裡。

拜諾恩搖搖頭。

「我原本預料牠會來找邦薩。聖亞奎那的居民日夜搜尋，可能牠正忙於躲藏。現在下起大雨，居民的搜捕行動被迫暫停。說不定牠今夜就會出現。」

古鐵雷斯點點頭：「這將是一個十分特別的雨夜。」

拜諾恩沒有聽出古鐵雷斯話中的深意。

四人一同進入古鐵雷斯書房內。

古鐵雷斯四周瞧瞧：「莎爾瑪在哪？」

拜諾恩正想說出早已構思的謊言時，一旁的奧武利薩卻插口：「她說不定還在睡覺吧。可能正在臥房等著你呢。」

古鐵雷斯微笑坐上皮椅。

「尼古拉斯。」古鐵雷斯第一次用這樣親切的語氣稱呼拜諾恩：「我們剛剛完成了一件大事。我們的生意將在短期內以數倍增長。關於你最初提出的建議，我已經有了決定……」

他站起來，伸出手掌：「歡迎你加入我們這家族。」

拜諾恩笑了。古鐵雷斯顯然已經信任他。

拜諾恩伸出右手——他左臂仍然裝成受傷模樣——握著古鐵雷斯的手：「我會以狼男的頭顱作為入門禮。」

「不必了。那件事交給我吧。我希望得到的，是另一件更好的禮物。」

古鐵雷斯笑得咧開嘴，露出了兩顆獠牙。

拜諾恩有股不祥的感覺。

古鐵雷斯以極迅速手法，雙掌擒住了拜諾恩右臂。

拜諾恩藏在繃帶內的左手「刀爪」正欲揮出，卻發現左邊肩臂已被蒙多從後牢牢抓住。

蒙多雖然在人類中已屬怪物，但速度跟力量仍沒法跟身為「達姆拜爾」的拜諾恩相比。

拜諾恩肩腰轉動，猛力把像一座肌肉山般的蒙多摔開。

但蒙多的撲擊已令拜諾恩分心了一點。這短短空隙間，古鐵雷斯以吸血鬼的驚人速度，在拜諾恩臉上重擊三拳。

拜諾恩在昏眩間仍勉力保持平衡，想作最後的反擊。

「刀爪」劃破繃帶。

奧武利薩卻極俐落地拔出腋下的銀色手槍，命中了拜諾恩的左腿。九毫米子彈撕破了他大腿肌肉。

拜諾恩不支跪地，「刀爪」插進了地毯。古鐵雷斯仍擒住他右腕。

「你到底是甚麼？」古鐵雷斯手指的強勁力量，把拜諾恩腕骨握裂。拜諾恩體內擁有吸血鬼的血統，痛覺比普通人遲鈍，否則早就因這椎心痛楚而昏迷。

蒙多拔出了腰間獵刀。

奧武利薩的手槍則對準拜諾恩後腦。

「不要殺他。」古鐵雷斯命令。他蹲下身，手掌捏住拜諾恩下巴，把他滲著汗珠的蒼白臉龐抬起來。

古鐵雷斯凝視那雙失卻焦點的褐色眼睛。

「我要知道你是甚麼人，來自哪裡？為甚麼會知曉殺死『我們』的方法？」

奧武利薩熟練地把拜諾恩身上所有武器繳去。

蒙多用粗尼龍索綑縛拜諾恩，將他托在右肩，抬到了剛才發生血戰的地牢暗室。

古鐵雷斯瞧見黏在石壁上的莎爾瑪屍身，憐惜地撫摸她背項。

「妳安息吧……反正這個『國家』的王后，永遠不會是妳。」

他瞧瞧軟癱在地上的拜諾恩。被擒的吸血鬼獵人像豬般被縛著，四周滿佈蝙蝠屍身。

古鐵雷斯蹲在他面前。

——為甚麼我無法探視這個人的心思？他似乎有著與吸血鬼對敵的天賦能力。

古鐵雷斯想到：今天自己以吸血鬼的異能開拓出這麼偉大的事業，但未來有可能遇上同樣是吸血鬼的敵人。假若他能夠掌握這個男人的力量，可能有天會派上用場。

他向蒙多和奧武利薩說：「你們留在這裡，用一切方法折磨他——但不可損傷他的肢體活動能力。」

古鐵雷斯對神智不清的拜諾恩說：「等到你的意志力降至最低潮時，我會讓你成為我的奴隸。」

他站起來，再次瞧向莎爾瑪的赤裸屍身，一股慾火自下腹升起來。

——這真是別具意義的一天啊。讓我把所有重要的事情都在今天完成吧。

古鐵雷斯步向房門。

「你一個人要到哪裡？」奧武利薩感覺到古鐵雷斯身上散發強烈邪惡氣息，不由感到戰慄，但他仍然敬佩和信服這個詭異的領袖。

古鐵雷斯拉開門。

「我要去結婚。」

**同日**

**聖亞奎那教堂**

瑚安娜抱著波波夫，跪在十字架前方，閉目默禱。

「神啊……祈求你給我機會，再見加伯列一面。我有許多話要跟他說。也祈求你保祐尼克大哥平安。希望他能夠勸說媽媽回來我身邊。」

珊安娜站起來，坐在長椅上，輕輕撫摸波波夫背項的黑毛。

波波夫陡然發出不安嘶叫。

「有甚麼事情發生嗎？」

她聽到教堂外的雨聲，夾雜著一種奇怪的節奏。

席甘多神父從休息室走出來，手上握著一挺舊步槍。他已經許久沒有握槍了。

「珊安娜，妳有聽見那聲音嗎？」

珊安娜點點頭，不安地站起來。

席甘多揮手止住她。他走過禮堂中央廊道，把教堂正門的栓柵托起來。

厚重的木門打開。正面就是聖亞奎那鎮廣場。豪雨如帷幕般降下，視野一片迷糊。

席甘多仔細傾聽。從雨聲之間，他終於辨出那越來越響亮的異聲是甚麼。

「我的天……」席甘多看得目瞪口呆。

從遠方出現的是一名身穿中古時代重裝盔甲的騎士，跨著矯健的黑馬冒雨奔馳，直朝教堂而來。

騎士一手持轠，另一手提著銀光閃爍的長矛。腰間長劍隨著奔馳的震動，一記一記地拍打著馬身。

席甘多舉起步槍。

騎士在教堂門前勒止坐騎。黑馬鼻孔噴出的蒸氣瞬間與雨融合。獸臉鏤刻的頭盔脫了下來，騎士揮揮溼漉漉的長髮，露出蒼白瘦削的臉。

席甘多惶然把槍口對準騎士的臉。

「古鐵雷斯，你來幹甚麼？」

「你一向不是稱呼我堅諾的嗎？神父。」古鐵雷斯笑著，左臂把頭盔挾在腋下，右手長矛帶著水滴橫掃，把神父手上的步槍瞬間擊飛。

「神父，你根本就沒有開槍的勇氣啊……」古鐵雷斯把長矛一拋一接，換成反手握持，銳利的矛尖正對著席甘多胸口。

「不要！」瑚安娜驚叫。

古鐵雷斯把視線轉向她的藍眼睛：「我可愛的瑚安娜。我為妳帶來了兩件禮物。」

古鐵雷斯手臂猛揮。

長矛如離弦之箭，直穿過教堂，深深貫進巨大十字架上基督像的胸口，矛桿晃動不止。

古鐵雷斯翻身下馬，從馬背解下一具皮囊。

席甘多急忙走向瑚安娜，護在她身前。

古鐵雷斯從皮囊中掏出一個頭顱，提著頭髮向瑚安娜展示。

瑚安娜認出母親的首級。

「媽媽！」她哭得跪倒。

「殺死她的，就是那個叫拜諾恩的美國人。」古鐵雷斯把首級向外拋去。頭顱滾到廣場中央的水窪裡。

「不！是你殺死她的！」瑚安娜不可置信地搖頭，她懷裡的波波夫發出敵意的叫聲。

古鐵雷斯踏著盔甲鐵靴進入教堂，發出震懾人心的響聲。

「這是第二件禮物……」他從皮囊拿出一個灰色的塑膠包解開來，內裡是一襲純白的新娘禮服。

「瑚安娜，嫁給我好嗎？」古鐵雷斯的笑容，像玩弄獵物一樣殘忍。「我能夠滿足妳一切。甚至給妳永恆的青春。」

**同時**

**古鐵雷斯之莊園**

滂沱大雨下，古鐵雷斯的護衛大多都躲到莊園樓房內，正在談論剛才古鐵雷斯以騎士裝甲騎馬出外的奇景。

沒有人看見，一條奇異的黑影，迅速躍過了十呎高圍牆，攀上樓房屋瓦。

**同時**

**地牢暗室**

蒙多用靴底把獵刀上的血漬抹乾。

奧武利薩並不欣賞剛才的過程：蒙多以利刃把拜諾恩兩邊臉頰的皮膚割開。

奧武利薩俯視拜諾恩血淋淋的臉。

「他看來不太痛苦。真是個怪人。」奧武利薩皺著眉：「看來這方法沒甚麼效果。」

「嗨，硬漢子。」蒙多踢踢拜諾恩腰部：「接下來就是耳朵和鼻……你願意歸附古鐵雷斯了嗎？」

拜諾恩閉起眼。他只想著瑚安娜的安危。

蒙多並不期待得到答案，他舔舔刀刃，準備繼續工作。

後面鋼門驀然打開。

奧武利薩拔槍，蒙多也轉身擺出迎敵的姿勢。

進來的是邦薩，他惶恐地舉起雙手。

奧武利薩收起手槍。「你進來幹甚麼？」

邦薩怯懦說：「我知道……這個人被關在這裡，想問他一些事情……」

「甚麼？」

「是有關那怪物。我想知道關於狼男的事……」邦薩臉色蒼白，眼睛下青黑，看來許久沒入睡：「我要知道牠在哪裡，還有怎樣能夠消滅牠。這個人或許知道。」

「沒錯。」蒙多看著奧武利薩說：「我們遲早也要對付那怪物。邦薩，你來拷問他吧。」

「我？」邦薩害怕地說：「用甚麼？」

蒙多伸出刀尖指指祭壇，上面整齊排列著拜諾恩的各種武器：「你自己挑吧。那支奇怪的爪子看來不錯。」

邦薩走到祭壇前，掃視排放其上的許多火焰形飛刀、長釘、帶著基督像鏤刻的銀短劍、附有惡鬼臉孔雕刻的鉤鐮刀、皮革刀爪、一柄分成三段的可接合長矛、帶有鋸齒的鐵絲索……

「這傢伙到底是甚麼人？」邦薩瞧見這些利刃，不禁心生寒意。「簡直像手術工具……」

「別抱太大期望。」奧武利薩整理著黑西裝襟袋上的紅絲巾：「這傢伙看來很能忍受痛楚。我從沒有見過忍耐力這麼強的人。」

奧武利薩原是哥倫比亞軍人，其後因為犯事成為傭兵，曾經在中美洲作戰。他見識過許多恐怖的拷問，對那些受過反拷問訓練的特工或突擊隊員很佩服。但拜諾恩似乎比他們更強。

邦薩握起銀短劍，步向地上的拜諾恩。

「告訴我……」他以生硬的英語問：「那怪物真的要來殺我嗎？怎樣才能殺死牠？」

拜諾恩睜眼瞧著邦薩說：「我不知道，我只知道你已非死不可。」

邦薩憤怒地反握著短劍，欲向拜諾恩肩膀刺下，他深呼吸了好幾次，最後還是拋掉短劍。

「我辦不到……」邦薩抱著臉，沮喪地坐在地上。

拜諾恩開始可憐這個男人，畢竟邦薩當時只是被吸血鬼催眠的殺人工具。

「讓我替你問他吧。」蒙多把邦薩推開。他右手握住獵刀，左掌捏著拜諾恩下巴。

拜諾恩無畏地直視他。

「準備好了嗎？」蒙多邪笑。

耳朵。

**同時**

**聖亞奎那教堂**

「請席甘多神父為我們主持婚禮吧。」

古鐵雷斯提著婚紗一步一步趨前，鋼鐵靴底踏在木板地的聲音異常響亮。

「不要！」瑚安娜無法直視古鐵雷斯。她恐懼地坐在地上，把臉埋在膝間，雙手摀著耳朵。

「我不會為你這惡魔主持婚禮！」神父果敢地拒絕：「你不配成為她的丈夫！」

「除了我以外，還有誰配迎娶這個純潔的姑娘呢？那傻小子加伯列嗎？」

瑚安娜這一刻斷定：殺死加伯列的元凶，就是古鐵雷斯！

她勇敢地站起來，把波波夫從懷中放開。黑貓躍到了陰暗一角。

「加伯列會來救我的，他會回來向你報仇！」

古鐵雷斯像看著頑劣孩子般嘆息搖頭：「我已殺死過他一次。我不介意再殺第二次。」

他把手上禮服拋向瑚安娜，她接住，正要用雙手把它撕破。

「只要這套婚紗破裂了一點點，我就立即在妳面前把神父的頭顱割下來。」古鐵雷斯右手握在腰間劍柄。

瑚安娜雙手停頓。

「別受他的威脅！」席甘多毫無畏懼：「古鐵雷斯，悔改吧，現在你仍有機會，上帝的救恩能包容一切。」

「祂能夠給我甚麼？」古鐵雷斯的笑聲震撼整座教堂：「聖經說：相信祂的人能夠得到永生，我現在就已經得到了，祂還能夠滿足我甚麼？」

古鐵雷斯拔出長劍，在自己臉上劃破一道傷口。

席甘多和瑚安娜目擊那傷口迅速自行癒合，不久後只有一絲淺淺的印痕和點點血斑。

瑚安娜不可置信地驚呼。

「撒旦！」席甘多神父瞪著眼睛搖頭：「是撒旦的邪術……」

他回頭瞧著聖壇上的十字架。

基督受難像的表情悽楚——彷彿無法承受那長矛穿心的痛苦。

# 第十章 惡魔之婚禮

**同時**

**地牢暗室**

邦薩退到鋼門前，雙手掩著臉，他不忍觀看蒙多把拜諾恩的鼻子割下來的過程。

蒙多捏著被割斷的鼻，在拜諾恩面前晃來晃去。

拜諾恩緊閉眼睛。他知道蒙多有多冷血，他聽到蒙多在進行殘酷的虐待時，心跳也不超過每分鐘六十次。

「啊，他臉上的傷……」奧武利薩好奇地看著拜諾恩的臉。

蒙多也看見了：拜諾恩臉頰上被削去的皮膚，正緩慢地重生。

——他擁有跟古鐵雷斯同樣的能力！

蒙多並不知道古鐵雷斯是吸血鬼，只曉得他不知如何擁有許多超乎人類的異能，還以為古鐵雷斯是靠著與莎爾瑪做許多撒旦崇拜而得到這些能力。

蒙多並不在乎古鐵雷斯是不是怪物，對他只有無比的敬服。古鐵雷斯曾經在波哥大的貧民窟裡救了他的命。就算古鐵雷斯變成三頭六臂，背插雙翼，蒙多仍會一心跟隨他。

「接下來是耳朵。」蒙多把鼻子拋去，晃動手中亮刃。

邦薩索性轉身對著鋼門，把臉貼在冰冷鋼鐵上——

一股強大的衝擊力把鋼門撞彎。

邦薩胸肋骨頭斷裂，身體猛被擊飛，重重撞在蒙多身上。

奧武利薩拔槍。

鋼門推開。

奧武利薩第一次正面對著這傳說中的狼男。

狼男穿著的黑皮衣多處破裂穿洞，還沾滿了濃稠血液，看來經過了極血腥的戰鬥才攻到這座地牢。

「我的天……」奧武利薩舉起手槍。

狼男以詭速衝前。

四連發的子彈命中狼男胸腹——奧武利薩是用槍專家，他深知在這種近距離戰鬥中，搶先擊中敵人是首要目的，所以他本能地朝著敵人身上最大目標射擊，而非最致命的頭部。先剝奪對方戰鬥能力，自然有充裕時間取其性命。

槍彈的衝擊阻遏了狼男奔勢，毛茸茸的身體往後跌倒。

奧武利薩再從腰間拔出另一柄手槍，雙槍穩穩指向地上狼男，一步一步走近察看。

狼男的下身正對著奧武利薩，令他一時無法看見狼男的臉，判斷到底是不已經死掉或昏迷。他移步向左，看見狼男尖長的耳朵。

雙槍準星集中於一點。

狼男的右腿遽然向前延伸。

奧武利薩還未意會到發生了甚麼事，狼男的趾爪已及胸部。

奧武利薩本能地把雙槍交叉護在胸前抵擋——

趾爪蹴擊的力量超乎他所想，雙槍被踹中，握槍手指因而折斷。厚鈍的槍身壓在奧武利薩胸前，硬生生陷進了奧武利薩的胸部皮肉。

奧武利薩慘呼坐倒，以顫震的手把胸前的雙槍拔出來，帶起兩蓬血雨。

他再次仰首時，看見的是一雙紅色眼睛。

經歷過各種悽絕戰爭的奧武利薩，感覺前所未有地恐懼。

十隻指爪從兩旁貫入奧武利薩腦袋。他沒有感到痛楚，腦袋有種奇怪的麻癢感覺。

獸爪握住奧武利薩頭骨，從兩邊往中央猛力壓合。

奧武利薩的頭蓋骨頂部裂開，腦漿自裂縫激噴，灑到天花上。兩隻獸爪再猛力分開，那頭顱遭硬生生掰成兩半。

蒙多這時才推開邦薩的身體，重新站立，看見了奧武利薩慘死的屍首。

拜諾恩也看到剛才景象。

——是憤怒與仇恨，令狼男加伯列不由自主地使出如此殘酷的殺法。

蒙多咬牙切齒。伸手向自己心胸，抓住貼身背心的襟口，把背心從身上撕去，袒露出胸前的聖母像刺青。

「我要讓你死得比他悽慘十倍！」蒙多右手指頭靈巧地旋轉著獵刀，擺出搏擊架式。

狼男的吼叫震動密室。獸性似乎已掩蓋了復仇心，現在的牠只想把擋在面前的一切生物殺掉。

蒙多要比狼男高壯得多，但他剛才看出，狼男的速度和體力絕對在自己之上。

但蒙多也看到，狼男幾乎不懂得保護自己。

——加伯列生前沒有受過任何搏鬥訓練，即使以狼男的姿態復活，也只是憑著速度和力量殺敵，沒有任何技巧或搏擊反應可言。

蒙多則像一部戰鬥機器，瞬間分析出彼此優劣。

——我的力量不會比他弱太多，最大的問題是速度差距。只要用技巧補救，不讓牠有進攻機會，我仍然能夠取勝！

蒙多又仔細看狼男的身體。剛才被槍傷處，並沒有像古鐵雷斯或拜諾恩般癒合。槍彈打飛了大片肌肉，卻沒有流出血來。傷口四周的獸毛微微發焦。

——看來牠並沒有傷口自行痊癒的能力，只是創傷沒有影響牠的動作機能。

——就用我的獵刀，把牠割成碎片！

蒙多斜向奔出，繞到了狼男左後方。

果然，狼男的腳步移動不夠靈巧，並沒及時把身體轉向蒙多。

獵刀揮出，削破了狼男的後腰。蒙多沒多乘機追擊，再次移動方位。

狼男轉身後，蒙多已從剛才位置消失。他這次站在狼男背後，襲擊牠的右腿。

狼男及時躍起，否則整條右小腿可能已被獵刀砍斷，但仍被劃開了一道長長的創口。

狼男悶聲吼叫，不斷移步追尋蒙多所在。

但碩壯的蒙多卻像一條狡猾的蛇，不斷改變方位，砍斬一刀後不論命中與否都立即撤退，再重複游鬥的方式。

十幾秒後，狼男身上已被砍破八處。

狼男無法忍受被這樣玩弄。右臂隨著嚎叫聲迅疾延長，獸爪以弧形軌跡追擊蒙多。

蒙多卻看出，狼男的攻擊動作總是十分單調。他不閃不躲，把獵刀橫架腹前，算準了時間，看也不看便朝上揮刀。

獸爪被齊腕凌空斬斷。

蒙多獰笑，再次繞到狼男背後，狠狠砍了一刀。

這次獵刀的刃鋒結實地深深斬入狼男背肌。在蒙多堅實的臂力下，狼男身體旋轉跌倒，左爪本能地按著手臂斷口。

狼男悲嚎。牠一直忍受著極大痛楚。身體雖然沒有血液，但仍有著生前的痛覺。

「原來你會痛……」蒙多雙手拋接，玩弄著手上獵刀：「很好。假如不能令敵人痛苦，勝利也沒有多大意思。」

狼男趁著蒙多說話時再次撲出。但蒙多已掌握了狼男的動作模式，提早飛退，又再閃到牠背後。

——雖然雙方有速度上差距，但蒙多能夠預測狼男的舉動，反而佔了先機。

狼男背項再被砍一刀，與剛才那道創口形成交叉，傷口露出像死屍的灰色脊骨。

「下一次就砍斷你左腳吧……」蒙多的話停住了。

他看見狼男的雙腿暴長成六、七呎，站在暗室牆角。

牠背向著牆壁，蒙多已再無偷襲機會。

狼男雙臂也延長了，與雙腿幾乎一樣。牠的身體長度，完全佔據暗室的兩面牆壁。

室內空間頓然變少，蒙多再無多少能夠走動的地方。

狼男雙腿繼續增長，身體上升，佔據著天花板。兩條手臂沿著兩邊牆壁向前延長，逐漸接近蒙多。

蒙多再也笑不出。他仰著臉，瞧向狼男赤紅雙眼。

他感覺就像被囚禁在一座長滿獸毛的籠中。

蒙多呼喝著把獵刀飛擲向狼男頭部，緊接迅速轉身，奔逃向鋼門。

狼男偏首，獵刀掠過牠耳旁，釘進石壁天花板。蒙多這賭博的一擊也告失敗。

在鋼門前等著他的，是五指暴長的獸爪。

「不……」蒙多平生第一次發出如此恐懼的喊叫。

也是最後一次。

兩根指爪貫進蒙多眼球，繼續向內延伸，突破了眼眶骨，侵入腦組織。

指爪勾著蒙多的眼眶，把他魁壯的身體提上半空，甲尖則在急激翻動，從內部把蒙多的腦攪得稀爛。蒙多的手腿在空中瘋狂掙扎了數秒，最後軟軟垂下。

兩根爪像蛇舌般迅速收縮，脫離了蒙多眼眶。屍身重重墜落。

狼男恢復正常高度。牠繼而步向仰躺在地上呻吟的邦薩，左爪抓著邦薩衣襟，把他整個人抽起離地。

邦薩因為肋骨斷裂的痛楚而神智不清。

「不要……殺他……」拜諾恩以他有限的西班牙語說。由於鼻子被割去，發音變得很古怪。

回答拜諾恩的，是獸牙噬進咽喉和撕破肌肉的聲音。

狼男放開了邦薩的屍體，仰首沉默好一會。

——最後一個了……

拜諾恩猜測狼男加伯列心裡大概在這麼想。

狼男結束了沉思，牠這次步向被綑縛躺在地上的拜諾恩。

那對赤紅眼睛，連拜諾恩也感到不寒而慄。

狼男認出來——不是從那張沒有了鼻子的臉，而是體味——拜諾恩就是那夜在阿蘇爾酒吧跟牠激鬥過的男人。

——「停下來！」

狼男記起，瑚安娜那夜曾經這樣喝止他。

牠伸出左爪，撫摸拜諾恩沾血的臉，似乎隨時要插破他頭骨。

狼男突然有種觸電的感覺。

牠看見了自己——加伯列和姊姊瑪莉亞被凌虐的情景。

狼男發狂般嚎叫，抱著頭飛退開去。

拜諾恩在剛才獸爪觸摸他頭臉瞬間，把日前從邦薩腦海內讀到的視象記憶，透過接觸傳送給狼男。

「加伯列，我了解你的痛苦！」拜諾恩鼓起求生勇氣急忙說——加伯列的父親是美國人，應該也聽得懂英語：「加伯列，我對你沒有任何敵意！不要傷害我！我跟珊安娜是朋友——我把她當作妹妹！她正有危險！……」

狼男再次走近拜諾恩。

獸爪的甲尖反映著燭光。

拜諾恩閉起雙眼，他只希望自己死亡前最後一刻，能夠想著慧娜。

他聽見爪甲劃破空氣的聲音，然後感覺身上的束縛解除了。

獸爪割斷了拜諾恩身上繩索。

拜諾恩虛弱地坐起身來。他嘗試伸出手，觸摸到狼男的指爪。

「你聽得懂我說話嗎？」拜諾恩問。

狼男點點頭。

「珊安娜正在教堂。你馬上去保護她！」

狼男嘶叫著：「嗚……呀……」

「對！」拜諾恩點點頭。「是珊安娜！你的愛人！」

## 同時
## 聖亞奎那教堂

「神父，你是整個聖亞奎那唯一值得我尊敬的人。」

古鐵雷斯直視著席甘多神父的眼睛。

「是你強迫我這樣做的。」

古鐵雷斯脫下左邊的鋼鐵護手，手掌按住神父頭頂。席甘多無從抗拒。

席甘多看著古鐵雷斯雙眼，驀然發現自己像慢慢沉入了一潭泥沼中。

神父的意識在拚命掙扎，希望能夠脫出去。他不斷唸誦經文，向他一生所信靠的上帝祈求。

但意識越來越模糊，神父彷彿聽見古鐵雷斯魅惑的聲音在說：「屈服吧，親愛的席甘多神父！凡人的力量是無法跟我抗衡的。屈服於我之下是你保存生命的唯一方法。思考是痛苦的。不用思考，人在世上最大的快樂……」

神父朝古鐵雷斯屈膝跪下來，眼角流出淚滴——最後一刻，席甘多為在意識的戰爭中落敗而哭泣。

神父再次站起來時，眼神變得完全空洞。他面對著瑚安娜說：

「你們開始婚禮吧。穿上它。」

瑚安娜絕望了——連她所信賴的席甘多神父，也成為了古鐵雷斯的奴僕。

「穿上婚紗吧，瑚安娜。」神父的聲音完全沒有抑揚，其中再無絲毫情感。

瑚安娜的淚水滴在手中的婚紗上。

「為甚麼你不把我也催眠?就像對待神父一樣!」

古鐵雷斯邪異地微笑：「我需要的不是一具傀儡，而是一個妻子。而且我很喜歡看見妳現在這痛苦的表情。美極了。」

古鐵雷斯的長劍伸向瑚安娜。劍尖在她胸前垂直削下。

瑚安娜的裙子被爽利地從中央割破，往兩旁展開，裎露出她青春而健美的古銅色裸體。

瑚安娜羞愧地用婚紗遮掩著。

「就在這裡換衣服吧。」古鐵雷斯收劍回鞘。「我可愛的新娘。」

**同時**

**地牢暗室**

拜諾恩從地上撿回自己的鼻子，感覺自己有如一條喪家犬。

他嘗試把鼻接合回臉上，但又再度脫落。身體的能量消耗得太多了，尤其腿上槍傷很嚴重，連站立也有困難。

他瞧著滿地的屍體。

那股吸血的強烈誘惑再次襲來。

每次吸血都有成為真正吸血鬼的可能性。拜諾恩極力壓抑著。

但他想到瑚安娜。純真少女的樣貌，在他腦海中與珊翠絲的兇相重疊。

——絕不能讓瑚安娜也變成吸血鬼！

拜諾恩爬向邦薩的屍體。邦薩喉頭處，被狼男的利牙撕去了大片肌肉和軟組織，鮮血仍在汩汩流出。

拜諾恩把臉埋進血泊中。

**同時**

**聖亞奎那教堂**

古鐵雷斯右臂挾著鋼盔，左臂挽著瑚安娜的手，一步步循教堂中央廊道走向聖壇。席甘多神情呆滯地站在壇上。被長矛穿心的基督像就在他正上方。陰影投在神父頭上，令他的面目變得更陰沉。

瑚安娜穿上露肩婚紗，銅色的肌膚映襯下，純白的禮服彷彿發亮。她木無表情地任由古鐵雷斯擺佈。

一對毒蛇狀的銀指環放在聖壇木桌，那是這場惡魔婚禮的結婚信物。

「堅諾．古鐵雷斯，你願意娶瑚安娜．阿蘇爾為你終身的妻子，一生一世疼愛、保護她，讓她獲得最大的快樂嗎？」

古鐵雷斯瞧著瑚安娜藍色的眼睛。那雙眼卻似在望向遠方某地。

「我願意。不止一生一世，而是直至宇宙終結之時。」

「瑚安娜．阿蘇爾……」神父繼續夢囈般的語聲。「妳願意嫁給堅諾．古鐵雷斯，一生一世尊敬、侍奉他，讓他成為世上最幸福的男人嗎？」

瑚安娜沒有任何反應。她的思緒早已飛越這座被豪雨包圍的小教堂。

她此刻心中不斷低呼著一個名字。

古鐵雷斯再次脫去左邊鋼鐵護手，自行在無名指戴上其中一只毒蛇指環。

他接著握起瑚安娜的左手，強行把另一隻指環套上去。

瑚安娜並沒有反抗。

「我現在以天父之名宣佈，你們倆人成為夫婦。」神父舉起雙臂說，結束了這場沒有賓客的婚禮。

「瑚安娜……」古鐵雷斯重新戴上護手，以冰冷的手指拈著瑚安娜的尖細下巴。

「我會給予妳超越俗世的快樂……」

古鐵雷斯展露出上顎兩支尖長的獠牙，這是他期待已久的一吻。

聖壇正上方的彩色玻璃窗轟然碎裂，一條黑影挾帶著狂風暴雨，入侵聖亞奎那教堂。

# 第十一章
# 復仇殺陣

身在半空的狼男加伯列，左爪向上延伸抓牢教堂頂上橫樑，雙腿則向下暴長，趾爪握住瑚安娜雙肩。

狼男的肢體猛然收縮，像禿鷹般把瑚安娜整個身體凌空抓起來。

白色婚紗在空中獵獵飄飛，瑚安娜無法分辨自己身在何方。

定下神來時，她發現自己已然安穩地坐在離地二十餘呎的橫樑上。

瑚安娜原本光滑的雙肩，被狼男的趾爪在兩邊各劃下五道潛血痕，但她此刻毫不在乎。

她凝視著身旁的狼男。那赤紅的雙眼，突出長嘴的獸牙，奇大的尖耳和渾身深棕獸毛，令她不由戰慄。

「加伯列，你終於來了……」她鼓起勇氣伸手掌摸狼男的頸項，觸及的卻是濕漉漉的獸毛。她本能地退縮。

加伯列流出眼淚，憐惜地瞧著瑚安娜肩上爪痕，身體在顫抖。

——竟然這樣也會傷害她。我已經不是人類……

加伯列發出哀傷低鳴。

瑚安娜想再次觸摸他，但加伯列退後了。

「不用害怕，加伯列。我仍然……」瑚安娜熱切地期望加伯列的擁抱——不管那隻獸爪會在自己身上劃出多少傷痕。

她只撲了個空，狼男已翻身躍下教堂地板。

面對著全身穿著盔甲的古鐵雷斯。

「你來了嗎？」古鐵雷斯把頭盔戴上，然後揭開獸頭狀的面罩。「太好了，不用費勁狩獵你。太感謝了。從沒有人給我殺死他兩次的機會。很有意思。」

加伯列的身體猛烈震動。

「沒錯。殺死你跟瑪莉亞是我主使的。你憤怒嗎？可是你只能責怪自己，何以要跟我愛上同一個女人。」古鐵雷斯拔出腰間長劍。

雨水從穿破的窗灑下教堂。

瑚安娜坐在橫樑上，俯視這一人一獸的對峙——在她眼中，加伯列是人類，古鐵雷斯才是躲藏在人形外殼裡的野獸。

古鐵雷斯合上頭盔面罩，只有橫縫暴露出眼睛。

「開始吧，可憐的怪物。」

狼男暴怒吼叫，當中蘊藏了最強烈的仇恨與怨念。

加伯列狂奔的速度在古鐵雷斯的預想之外。牠並沒有像從前般單純地直線攻擊，而是循著弧線襲向古鐵雷斯左邊。

經過早前與蒙多的殊死戰，加伯列已領會了一些搏擊技巧。

「沒用的。」古鐵雷斯一邊後退閃避，一邊輕鬆地說：「我的速度比你更快。」

雖然身穿全副盔甲，古鐵雷斯的身手仍像山貓般靈巧，輕飄飄地躍上教堂長椅，以單足趾尖站在椅背上，展現超凡的平衡力。

加伯列追擊向仇人，右腿往上蹴擊，把長椅一舉踢碎。

古鐵雷斯早已跳起，在空中翻了三個美妙的觔斗。盔甲部件磨擦，響起清脆聲音。

他到達加伯列頭頂，長劍朝下急速刺擊。

加伯列後翻伏在地上，避開了長劍，雙腿往上延長踹向古鐵雷斯。

古鐵雷斯卻早已越過牠上方，翻身以胸著地。

古鐵雷斯平貼俯伏地上，雙手握劍向前，像一塊滑浪板般濺起水花，在地板上向前迅疾滑行。

長劍直刺加伯列腦袋。

加伯列及時雙臂發力，身體化為一團毛球，旋轉向上飛起，閃過了長劍的襲擊。

他飛到十字架前，蹲踞在插入基督像的長矛上，再次憤怒地咆吼，全身獸毛陡然增長豎直，有如一隻人形刺蝟。

加伯列的重心突然下沉，長矛朝下略彎，復又向上彈起。他就像跳水選手一樣，借助腳下的彈力跳躍，俯衝向地上的古鐵雷斯。

古鐵雷斯同時也迎往加伯列躍起，刻著古典鏤紋的長劍急激砍動。

瑚安娜無法看清古鐵雷斯的劍技——只見他手上舞著一叢彈射出水點的銀色光團。水點濺到瑚安娜腿上，有點微微刺痛。

加伯列的左爪與已經斷去腕部的右臂如風車般揮轉，拍擊古鐵雷斯長劍的刃脊，抵抗著那閃電般的刺擊。

「我說過我比你快！」古鐵雷斯的劍招進一步加速。

銀光竄進加伯列雙臂間，沒入了牠腹部長毛。

加伯列的身體短暫僵硬了。

劍光從獸毛間拔出，重複向加伯列的身體刺戳三次。

被洞穿了四個劍孔的加伯列墮下，半跪在濕漉地板上。

古鐵雷斯也著地。他瞧瞧劍刃，沒有半絲血漬，只殘留著一撮棕毛。他揭開面罩，把劍刃舉到嘴前，吹去了刃上的毛絲，然後凝視跪在地上的加伯列。

——要怎樣才殺死這怪物？

古鐵雷斯轟然踏著鋼靴，奔向加伯列。

手中長劍對準他喉頭。

加伯列再次躍起，把腹部迎向長劍！

古鐵雷斯還未了解加伯列這動作的意圖時，劍刃已完全貫穿了他的腹腰。刃尖從背項突出達半呎。

瑚安娜抱頭驚叫，差點失去平衡從樑上墮下。

古鐵雷斯想拔出長劍，卻發現刃身被加伯列腹部的肌肉挾住。

古鐵雷斯的動作遲緩了一刻。

加伯列暴叫，左爪和右臂從兩側拍擊古鐵雷斯的頭盔！

——這一擊的力量，將足以把古鐵雷斯首級連同頭盔一同壓扁。

雙臂都已觸到頭盔——

令人悚然的金屬斷裂聲。頭盔像汽水罐般被加伯列夾成了扁塊。

但那是空的頭盔。

古鐵雷斯在危機一髮間，手掌放開劍柄，身體向下蹲縮，頭部脫離了鋼盔。

他一雙穿戴著護手的指掌屈成爪狀，自左右兩方戳進了加伯列的雙肋，抓住大片皮毛和肌肉，硬生生從狼男身體拔出。

加伯列悽厲地呻吟，身體退後，俯跪在地上。

身體所受的一切傷痛同時爆發，超越了他能忍受的界限，加伯列在地上掙扎著，獸爪深陷入木地板，挖出了許多深刻的紋痕。

古鐵雷斯雙手放開，殘肉自鋼指之間滑落。

「我就用雙手把你撕成碎片吧。」古鐵雷斯握起穿著護手的拳頭，互相碰擊一下，發出金屬撞擊聲。

加伯列仍然弓著背項俯地呻吟。

——痛苦……

——他記起自己身為加伯列．馬拉薩諾．艾斯特拉的短暫人生中，那個最痛苦的晚上。

凌虐者以手指硬拉開他眼皮，強迫他觀看姊姊瑪莉亞如何被強暴。他們笑嘻嘻地用刀在她背上劃下一道道血痕，直至完成那個悽慘的五芒星。

他的手指一根一根被扭斷。他們把刀架在他陽具底下，聽著他失去舌頭的嘴巴發出絕望呼號。他嗅到姊姊乳頭被燒焦的臭味。精液膠結在她原本美麗但已傷疤滿佈的臉上。

他記得自己那時凝在喉間發不出聲音的話：

——我要報仇！就算死了也要報仇！無論如何我也會回來……

狼加伯列四肢再次暴烈延伸，按在地上，弓起的背項迎向古鐵雷斯，以背上突出的劍刃刺向他的臉。

古鐵雷斯訕笑著，以一雙戴著鋼鐵的手牢握急刺而來的劍尖，雙腿同時躍起，足底踏在加伯列的背上。

古鐵雷斯的手腿爆發驚人力量，加伯列前腹處上被劍柄陷入。長劍從加伯列背項倒拔出來，劍鍔在狼男腹腔裡，挖出帶著屍臭的內臟，自背項的洞中掉落。

加伯列失去力量軟癱在地。古鐵雷斯仍然舊踏著牠背脊，他把劍倒回來握著，站在狼背上那姿態，猶如古書圖畫裡征討怪獸的英勇騎士。

鋼靴在加伯列身上狠狠踏了數記。

「這地毯很不錯。我會把你剝製成標本。」

古鐵雷斯舉起長劍。

「首先是頭。就讓我想看看你這冥界回來的怪獸，失去了頭顱後是不是還能活……」

「不要！」樑上的瑚安娜哭叫。

古鐵雷斯仰首：「別焦急，我美麗的新娘。這是我送給妳的結婚禮物啊。一顆狼男的頭顱。這在世上可是獨一無二的珍藏。」

劍鋒落下——

同時一柄飛刀如子彈般射向古鐵雷斯眉心。他在十分一秒間迴轉劍刃，及時擊落了飛來的鋒刃。

更多的飛刀和長釘，如蝗群般襲來。

古鐵雷斯無法將之一一擊去，只能他以穿著甲冑的雙臂保護頭臉，向後躍離加伯列。飛刀的力度勁如弩箭，有四柄飛刀在命中時貫穿了臂甲和胸甲，傷及裡面古鐵雷斯的身體。

這一輪突襲結束後，古鐵雷斯驚訝地垂下雙臂。

——這麼強！

他看見教堂的正門打開。

披散著長髮、身穿黑大衣的吸血鬼獵人拜諾恩挺立門前，臉龐的顏色比雪還要白，像在陰沉的雨夜中發光，血色的唇間微微突露出兩枚上排犬齒。垂在胸前的十字架，因剛才的激烈進擊而仍在晃動。

拜諾恩左手套著寒光閃爍的刀爪，右手指間挾著最後三枚飛刀。

古鐵雷斯看出來：拜諾恩散發著一股與早前截然不同的迫力。

——那氣息與古鐵雷斯變得更相似。

「你到底是甚麼？」古鐵雷斯逐一拔出釘在盔甲上的飛刀，裡面的傷口正在癒合中。

「……同類嗎？」

拜諾恩並沒回答。他進入教堂，雨水沿著大衣和頭髮滴落。

「加伯列，你暫時休息吧。」拜諾恩說：「狩獵吸血鬼是我的工作。」

三枚飛刀疾射古鐵雷斯，迫使他再向後閃退。

古鐵雷斯站定，卻見拜諾恩沒有乘機攻擊，而是已走到加伯列身邊把他摻扶起來。

「你去保護瑚安娜。」

加伯列低嗚一聲，躍起身體，蹲伏在橫樑上。

瑚安娜抱著他的毛臂：「加伯列！我的加伯列……」

加伯列這次沒有抗拒，但也沒有擁抱瑚安娜。牠只是靜靜蹲著，以仇恨的紅眼俯視古鐵雷斯。

拜諾恩從大衣內取出鈎鐮刀。

「你說得對。這確是特別的一夜。也是你最後一夜。」

鈎鐮刀迴旋飛出。

卻不是擊向古鐵雷斯，而是飛上橫樑。

刀刃緊釘入樑木。

拜諾恩手握著連接刀柄的鍊索，飛盪向前，左手刀爪的五根長刃，襲向古鐵雷斯頭顱。

古鐵雷斯的兵器佔有長度優勢，他不加思索就迎著空中的拜諾恩刺出劍。劍尖將及拜諾恩之際，刀爪卻變了招，改為揮往刺來那劍刃。五指抓住了刃身，牢牢鎖緊。

拜諾恩右臂同時拉動鍊索發力，身體飛快從原路線後退，一把奪走了長劍，著地後將之拋到一旁。

「你反應太慢了。」拜諾恩以冷酷的眼神瞧著古鐵雷斯。他右腕猛烈抖動，鈎鐮刀即脫離樑木，像長了眼睛般自動返回拜諾恩手上。

「你當了吸血鬼多久？半年？你絕不是我的對手。」拜諾恩這次一步步迫近古鐵雷斯。吸血鬼騎士感受到有如狂濤般的無形壓迫。

「你忘曾經敗在我手上嗎？」古鐵雷斯舉起鋼鐵護手，連續在空中揮拳。「那幾拳不好受吧？」

「是我大意。」拜諾恩沒有絲毫受到刺激：「也低估了那個蒙多的力氣。不過現在他已經死了。死得十分淒慘。不止是他，還有奧武利薩，加上你大部分的手下……都被加伯列送到地獄。你的王國已經完了。」

古鐵雷斯被激怒。他的夢想碎裂了：那座存在於他心裡的新聖亞奎那城，一磚一瓦都化成粉末。賭場霓虹燈熄滅了，高級轎車一輛輛地離去，性感的艷舞女郎一個個變回色衰的農婦。

——不會的！我擁有永恆生命！我還能重新開始！用我凌駕人類的能力，吞併蘇爾洛斯、卡登和戈羅斯的勢力，我會重建一個更強大的王國！

——都是因為這個叫尼古拉斯的男人，還有這頭叫加伯列的怪物！他們要為此付出代價！

拜諾恩拋起鉤鐮刀，握著鍊索在頭上旋轉。古鐵雷斯盯著這詭異兵器，知道自己正陷於極不利的境地。他要把劣勢扳回來。

古鐵雷斯猛然躍向十字架，雙手快要觸及插在基督像上的鋼矛——

下一刻古鐵雷斯及時退縮，否則已鉤鐮刀斬斷手掌。

「我能預知你想做的每個舉動。」拜諾恩收回鍊索，再次在頭上揮舞。「你現在想逃跑吧，對嗎？逃不了的。我是獵人，記住了你身體的氣味，即使越過海洋，你也逃不掉我的刀刃。」

古鐵雷斯額頭滲滿汗珠。

他心裡在向撒旦祈求：「偉大的魔鬼，屬於黑暗的魯西弗啊，賜我擊敗這男人的力量吧！我必需保存這生命，為你在大地上建立屬於我們的王國。我已把寶貴的靈魂獻給你了，應許我的祈求吧！」

為了在黑道上揚名立萬，古鐵雷斯在成為吸血鬼之前曾向莎爾瑪學習黑巫術，希望獲取運氣與過人精力；半年前變成吸血鬼後，他便很少再進行那些「黑彌撒」，他深信自己已經擁有與撒旦同等的力量，並把它與莎爾瑪分享。

——至於情婦珊翠絲，他本來沒有計劃把她變成吸血鬼，那次給她品嚐到自己的血純屬意外。

此刻古鐵雷斯處於極度劣勢，古鐵雷斯再度請求黑暗力量的協助。

在不斷進行莎爾瑪教他的「黑暗禱告」後，古鐵雷斯的精神漸漸進入一種近似被催眠的狀態。他深信自己已經獲得魔鬼的力量灌注，能夠擊殺任何敵人。古鐵雷斯發出尖銳而扭曲的叫聲，似乎像在呼叫某種咒語。那是「撒旦必將戰勝上帝」這句話的拉丁語的倒轉發音。

他主動出擊向拜諾恩撲去，無視於吸血鬼獵人手上的鋒刃。

拜諾恩也飛身迎向古鐵雷斯。

古鐵雷斯雙手屈成爪狀，攻擊拜諾恩的臉和心臟。

在即將交接的剎那，拜諾恩的移動方向竟卻高速以直角改變，繞到了古鐵雷斯右側，那動作彷彿無視重力。

「我在這裡。」拜諾恩的聲音，在古鐵雷斯背後極近距離傳來。

古鐵雷斯惶然急奔，不斷以弧線移動和旋轉身體，盡一切努力擺脫拜諾恩的襲擊。他躍上了木椅，又跳到牆壁上，雙腿蹬著牆壁反彈，在中央廊道再次著陸。

「這就是你最快的速度嗎？」拜諾恩的聲音卻如影隨形地仍在古鐵雷斯背後。

古鐵雷斯悚然。他急激自轉半圈，右臂向後掃擊——

只打中空氣。

「是不是盔甲把你的速度拖慢了？」拜諾恩的聲音依舊不離古鐵雷斯後面：「給你時間脫掉它，好嗎？」

古鐵雷斯暴怒。這次他躍向席甘多。被催眠的神父一直呆立在聖壇上。

——抓住神父，威脅這傢伙！

鋼手襲向席甘多的咽喉！

——這是古鐵雷斯的最後希望。

他卻發現神父「消失」了。

代替神父站立在聖壇上的是拜諾恩。

拜諾恩以刀爪輕鬆地架住古鐵雷斯的鋼手。

「不再跟你玩耍了。」拜諾恩切齒：「你這次真的激怒我了。你忘記了，席甘多神父是把你養育長大的恩人嗎？」

「刀爪」猛力把古鐵雷斯的鋼手揮開。

拜諾恩右手握著鈎鐮刀，一秒鐘砍斬十七次。

每一記斬擊都狠狠割開了盔甲，切破古鐵雷斯的肌肉。

拜諾恩繼續不斷斬擊，古鐵雷斯只能以雙臂護頭飛退。鋼鐵碎片從他身體向四方散射。

每被砍一刀，古鐵雷斯的傷口即迅速癒合，自衛本能把吸血鬼的痊癒機能提升至最高。

「哈哈……你殺不死我的——」

拜諾恩左手刀爪上五片尖刃聚合成錐狀，轟然擊中古鐵雷斯右胸。拜諾恩隨之雙足離地，全身以左臂為軸心旋轉。

刀爪把古鐵雷斯的心臟徹底絞碎。

拜諾恩翻身躍開，刀爪拔離古鐵雷斯胸口，帶出一蓬血雨。

古鐵雷斯站在教堂中央，左胸遺下一個直徑數吋的血洞，全身盔甲都破裂。

他猶如一尊破敗的塑像。

突然古鐵雷斯身上每一道剛剛癒合的刀傷都同時爆裂，血箭從盔甲四處的裂口激噴。

「加伯列。」拜諾恩仰首：「這是最後的復仇了。」

狼男加伯列看看身旁的瑚安娜。她放開牠手臂，藍眼睛透出悲哀。

加伯列翻身自樑上躍下，著陸在古鐵雷斯面前。

古鐵雷斯的眼瞳顏色變得混濁。心臟是吸血鬼身體裡唯一無法自動痊癒的器官。

加伯列伸出左爪，鑽進了古鐵雷斯胸口大洞。爪尖在胸腔內朝上挺進，發出可怖的磨擦破裂聲。

獸爪貫入古鐵雷斯喉頸內。那頸項皮膚突起五顆像肉瘤般的東西。皮膚不斷膨脹繃緊，最後被尖銳的爪甲穿過了。五根獸爪自內向外，從古鐵雷斯頸項刺出。

加伯列的手腕劇烈扭轉。

古鐵雷斯的喉頸爆破碎裂。帶著黑長髮的頭顱向上彈起，整整兩秒後才著地，骨碌碌在一潭血泊中滾動。

加伯列縮回獸爪。

古鐵雷斯的無頭屍體崩倒。盔甲撞擊在地板上時陡然破開，露出古鐵雷斯滿身血痕的裸體。

席甘多神父同時脫離了催眠狀態，卻因心力交瘁而昏迷。拜諾恩及時把他身體扶著，安放到聖壇上。

加伯列再次躍起，把瑚安娜抱回地上。她的婚紗沾滿了狼男爪上的血污。但她毫不在乎。

「加伯列……」瑚安娜憐憫地察看加伯列腹上破洞。

加伯列嗚咽著遠遠退開，把臉別過去。

「不用怕，加伯列，你仍然是我的……」瑚安娜追向他。

在血泊中的古鐵雷斯頭顱，突然眨了眨眼睛。

那嘴巴遽然大張。首級借助下顎擊打地板的力量彈起，直飛向瑚安娜。

正在察看神父的拜諾恩，從未想過有這種事情發生。他以最高速躍向瑚安娜，但恐怕已來不及。

加伯列正背向瑚安娜。當他發現有異時，古鐵雷斯的一雙吸血獠牙已將及瑚安娜咽喉！

一團細小黑影出現，飛向古鐵雷斯頭顱。

是黑貓波波夫。牠以肩背全力撞擊古鐵雷斯左耳。

頭顱飛行的方向因這撞擊而改變，飛往十字架。

獠牙噬進了基督像的咽喉。

古鐵雷斯的殘留意識似乎無法分辨，自己噬著的並非人類。牙齒在頻密嚼動，木屑自頭顱斷頸處的食道飄下。

過了大約十秒，古鐵雷斯頭顱的動作才完全停頓，仍牢牢咬住基督像不放。

轉驚為喜的瑚安娜流著淚，把波波夫抱在懷裡，輕撫牠的背項。「多謝你……」

下一刻，她再想尋找加伯列時，教堂內獸蹤已消失。

瑚安娜仰頭，看見他蹲踞在破裂的窗前。

「加伯列回來啊！我愛你！你回來啊！」瑚安娜頓足呼叫。

加伯列舉起左爪動了動，似乎在揮手告別。

牠的黑影脫出窗外，消失在雨夜中。

「尼克！」瑚安娜奔向拜諾恩：「替我把他找回來！你一定能夠追到他的！快！」

拜諾恩把哭得眼睛紅腫的瑚安娜擁在懷裡。

「加伯列若是不願意回來，我追到他也沒有用。他已不屬於妳的世界了。」

瑚安娜俯首，瞧著懷裡波波夫的柔軟長毛。她從中彷彿再次看見加伯列——不是變成冥獸的加伯列，而是從前那個喜歡馬與吉他的俊美青年。

「我會找到他的……」

# 第十二章
## N・拜諾恩之日記 III

八月十二日

席甘多神父的精神漸漸恢復。我到教堂看看，幾個青年自願加入教堂和裡面的基督像修補工程。

不少鎮民都頻繁上教堂祈禱，因為他們相信這次事件是上帝的懲罰。祈禱信眾裡也包括了桑茲鎮長，他走過來跟我談了一會，態度明顯變得友善許多。他問：「那邪惡的東西……不會回來吧？」

我搖搖頭。

鎮民都不知道事情的真實過程。席甘多神父對他們說：襲擊聖亞奎那的是個邪靈，它把古鐵雷斯和許多人都害死了，最後被我這個外來的驅魔者逐退。

這大概是對聖亞奎那鎮民最好的解釋吧。神父還強調：是鎮民參與販毒而把邪靈引誘來的。我想這個說法對鎮民是個很好的警誡。

主持了集體喪禮後，神父疲倦地坐在休息室。我打趣問他：聖職者不是不應該說謊的嗎？

「上帝會原諒我吧？」神父回答：「而且我說的又不盡是謊話。」

我點頭同意。

聖何塞墳場添了許多新墳。不少為古鐵雷斯賣命的年輕人在那莊園裡被加伯列殺死了。此外珊翠絲的屍體也被重新好好安葬。整個聖亞奎那鎮都陷入愁雲慘霧。

我在夜裡曾經暗中到墳場，再次挖開加伯列的墳墓看看。棺柩仍是空的。

我以為在他完成復仇的悲願後就會回到安息之地。但他沒有。

加伯列到底去了哪裡？

我成了聖亞奎那的英雄。許多人邀請我到家裡作客，但我都拒絕了。我只想在阿蘇爾酒吧好好休息幾天。

瑚安娜的心情比我想像中更早平復。我以為她要傷心許久。

後來我才知道原因。

酒吧沒有營業。她高興地與波波夫玩耍時，忽然問我可不可以教她一些戰鬥技巧。她說經過這事情後，覺得應該學一些保護自己的方法。

我花了兩天教會她擲飛刀和用兵器搏鬥的基本方法。神父又把他那挺舊式步槍連同一盒子彈送了給她，她在酒吧後的山崗練習射擊一整個下午。

最後瑚安娜才告訴我：她決定要去尋找加伯列。

她把阿蘇爾酒吧賣了給桑茲。這是鎮內唯一的酒吧，桑茲早就虎視眈眈。它本來就是珊翠絲開的，瑚安娜也算放下一個包袱。這也不錯，桑茲得到了想要的酒吧，而瑚安娜則得到大筆旅費。

臨行前，瑚安娜最後一次為我演奏吉他。我這才知道那把木吉他是加伯列親手造的。瑚安娜的吉他聲依然動人，卻不再是過去彈奏的哀曲了。明快的節奏裡，我聽到一股像太陽般熱烈的生命力。

□

在聖亞奎那南面的路口上，我送別了瑚安娜。

她牽著原本屬於班達迪斯的黑馬，揹著吉他箱，皮靴和外套裡藏著我送給她的飛刀，步槍和糧水則掛在馬鞍旁。

「我要走了。」她吻吻我臉頰，然後又抱起伏在我肩上的波波夫，最後一次撫摸牠。

「多謝你救了我的命。」她說著不捨地把波波夫放回我肩上：「你也是啊尼克。感謝你。」

瑚安娜俐落地跨上馬鞍，再次向我們揮揮手，然後頭也不回地策馬向前，朝著一望無際的南面荒野奔馳。

她是不是能夠找到加伯列呢？也許根本不重要。不久之後她就會明白，在道路那一頭等待她的，其實是另一段更鮮烈浪漫的人生……

【吸血鬼獵人日誌】第二部《冥獸酷殺行》完

JOURNAL
OF THE VAMPIRE
HUNTER

# 《冥獸酷殺行》香港初版後記

《冥獸酷殺行》是我至今寫過最血腥的故事。

在我心目中《吸血鬼獵人日誌》系列可歸類為恐怖動作小說。也許有的人認為這種血腥暴力、官能刺激是低級趣味。我不在乎。小說畢竟是屬於世俗的。

我的小說喜歡強調物力和暴力。所謂故事，大都是描述人與人或人與環境之間的衝突和抗爭。而「肢體與肢體的對抗」不就是最直接的一種衝突嗎？

「吸血鬼獵人」這個系列包含了許多讓我著迷的故事元素：刀刃、黑色大衣與電吉他；連環殺人狂與美女；黑暗的哥德式教堂與病態的都市……而拜諾恩的冒險故事，則是基於我一向強調的主題：一個人如何尋回真正的自己。

也許人們會奇怪：為什麼一個中文作家會寫出以美籍匈牙利人為主角、以墨西哥為場景的小說？

為什麼不？許久以來在華人地區，最能最自由地接觸、吸收、欣賞世界各國流行文化的地方大概就是香港。我只是嘗試善用這個優勢的一個本地作家而已。

《冥獸酷殺行》也是我至今最快完稿的小說，花了大約三星期。這個速度若與許多職業作家比較只是僅僅合格，然而這種速度在香港的流行小說市場是難以生存的。我只能說，我正盡力把小說寫得最豐富細緻。也許這種寫作態度比較吃虧，但是我實在無法把連自己也不滿意的東西拿給別人看。

由於轉換出版社的關係，整整半年沒有出版新書了，大概許多讀者以為我已永遠消失吧。很感謝一些讀者仍不時透過電郵予我鼓勵。六個月的空白時間固然令我有點擔心，但我常常想著台灣導演楊德昌說過的話：「好的故事總會有人看，正如個性好的人總會交到朋友。」最初決定寫作時當然一心想寫出些足以傳世的經典作品。那時候仍然年輕。現在我只有一個單純的目標：寫一些好故事。

「鐵道館」出版社由我兩位志同道合的朋友成立，大家擁有相同的「語言」，在出版方針和製作上更能合作無間，也省卻了許多溝通的工夫。這著實讓我鬆了一口氣。我一向最怕與人交涉。感謝「鐵道館」的朋友能讓我更專注地寫作，也給予了我最廣闊的創作空間。

最後特別感謝愛貓的 Winnie，為拜諾恩的貓兒取了名字。

喬靖夫

一九九六年十二月十九日

# 《冥獸酷殺行》台灣初版後記

我畢業後第一份工作是在報館的國際新聞部當翻譯員。乍聽好像是頗教人肅然起敬的工作，但其實除了國際衝突、外交風波、政變災難以外，也得兼譯寫許多不大算是「新聞」的東西：美國哪個州有人看見UFO、英國哪個城市誕下了八胞胎之類。

其中我看過這樣的一宗外電：在墨西哥鄉郊地區，出現了許多宗家畜遇襲事件，獵物的血液均被吸光。當地人深信是吸血鬼一類的怪物所為，許多人更聲稱目擊其出沒。怪物身材矮小，直立行走，擁有尖牙利齒和一雙凌厲兇暴的大眼睛。他們稱之為El Chupacabra，即西班牙語「吸羊血者」的意思。這事情越傳越熱鬧，更有人將之繪成卡通人物造型並印製T恤，竟也熱賣了好一陣子。

《冥獸酷殺行》這故事最初的意念，正是來自這宗「新聞」。

在我寫這本書的時候，腦海中常常會聽到綿密奔放的拉丁吉他聲。希望你們讀的時候也聽得見。

書成至今已有好一段日子，不過偶爾我還會想：瑚安娜流浪到哪裡去了？在烈日底下的公路上，她已經變成一個跟從前完全不同的女生。如果有一天，再寫個由她主演的冒險故事也不錯吧？

感謝我愛貓的朋友 Winnie，為拜諾恩的貓兒取了這個好聽的名字。

寫這書的時候我沒有養貓，現在家裡已有兩隻。他們既不是黑貓，也不叫「波波夫」。

不過他們確實很可愛。

喬靖夫

二〇〇三年三月十一日

JOURNAL
OF THE VAMPIRE
HUNTER

國家圖書館出版品預行編目資料

吸血鬼獵人日誌 = Journal of the Vampire Hunter
/ 喬靖夫著. -- 三版. -- 臺北市 : 蓋亞文化有
限公司, 2025.02
面； 公分. -- (喬靖夫刀筆志)

ISBN 978-626-384-178-9 (第1冊 : 平裝)

857.83　　114000322

喬靖夫刀筆志 008

# 吸血鬼獵人日誌 I 重編版

作　　者　喬靖夫
彩色插畫　門小雷
裝幀設計　莊謹銘
總 編 輯　沈育如
發 行 人　陳常智
出 版 社　蓋亞文化有限公司
地址：台北市103承德路二段75巷35號1樓
電話：02-2558-5438　傳真：02-2558-5439
電子信箱：gaea@gaeabooks.com.tw
投稿信箱：editor@gaeabooks.com.tw
郵撥帳號 19769541　戶名：蓋亞文化有限公司
法律顧問　宇達經貿法律事務所
總 經 銷　聯合發行股份有限公司
地址：新北市新店區寶橋路二三五巷六弄六號二樓
電話：02-2917-8022　傳真：02-2915-6275
三版一刷　2025年02月
定　　價　新台幣 390 元
Published and printed in Taiwan

ISBN 978-626-384-178-9